出来損ない令嬢に転生したギャルが
見返すために努力した結果、
溺愛されてますけど何か文句ある？

登場人物紹介
CHARACTERS
チェルシー・ルーナンド
侯爵令嬢。現代日本の女子高生
「キララ」としての記憶がある。
元はおとなしかったが、
明るく前向きでタフな性格に。
バレンティノ・レバレンジェ
王太子。チェルシーとは
幼い頃に面識がある。
優秀で誰にでも優しい、
理想の王子様とも言うべき存在。
キララ
現代日本でいわゆる
『ギャル』として生きていた
女子高生。

ダミアン・ルーナンド
チェルシーの兄。
ジェニファーを溺愛し
チェルシーを冷遇する。
リリナとネル
ジェニファーつきの侍女達。
髪をおさげにしているのがリリナ、
ポニーテールにしているのがネル。
ジェニファー・ルーナンド
チェルシーの妹。
自分の評価を上げるために
チェルシーを利用する。
ケンドール・メイヴ
公爵令息。チェルシーに
礼儀作法を教えてくれる
メイヴ夫人の息子で、
バレンティノの親友。
スサナ・セルリーズ
公爵令嬢。ケンドールとは
従兄妹で、彼の紹介もあって
チェルシーと親しくなる。

一章

まるで映画のワンシーンを見ているようだった。

『ごめん、やっぱり君と婚約するのは無理だよ』

『え……？』

『妹のジェニファー嬢だったらまだしも、チェルシー嬢、君は暗いし鈍臭《どんくさ》いし、話していて楽しくもない』

『……っ』

『もう少し明るく笑ってみたり、愛想よくしたりした方がいいんじゃないか？』

煌《きら》びやかな服を着ている少年は、悪びれもせずそう言うと、背を向けて去っていった。その言葉に小さく震える少女の体。紫色のガラス玉のような瞳からは今にも涙が溢《あふ》れそうだ。

チェルシーと呼ばれたその少女が俯《うつむ》くとオレンジ色の長い髪が顔を覆い、表情を隠してしまう。けばけばしい濃いグリーンのドレスはまったく少女に似合っていない。

それを遠くから見ているのは、可愛らしいフリルやレースがついたスカイブルーのドレスを着たモカブラウンの髪と赤い瞳の少女。純粋無垢そうな外見に反して、その瞳は歪み、小さな桃色の唇は意地悪く弧を描いていた。そして偶然を装ってか、少年に寄り添うように近づいていく。

そんな彼女のことをまったく知らないはずなのに、自然と〝チェルシーの妹のジェニファー〟だと理解できた。

『ごめんなさい、ネザー様。チェルシーお姉様が不快な思いをさせてしまって』

『いいんだよジェニファー嬢。ところで、今度よければうちに遊びに来ないか？』

『うふふ……是非』

『見せたいものがあるんだ』

『まぁ、嬉しい！　楽しみですわ』

『チェルシー嬢も、君を見習って少しは楽しそうにしてくれたらいいのに』

一人ポツリと立ち尽くしているチェルシーに近寄ってくるのは、ダークブラウンの髪と薄い紫色の瞳の、背が高く眼鏡をかけた青年だった。どうやらこの青年は〝チェルシーの兄のダミアン〟のようだ。がっかりしたとでもいうように顔を歪めた後、チェルシーを見て嘲笑《あざわら》うように呟く。

『まぁ、こうなることはわかっていたさ』

『ダミアン、お兄様……？』

『どうしてこんな簡単なことができないのか……令嬢として出来損ないにもほどがある』

『……っ』

『いつも俺がアドバイスをしてやっているのに、それを何も生かせない。いつまでたってもジェニファーの足元にも及ばない』

『あ……』

『ジェニファーがそんなお前のために選んだドレスも令息も、すべて無駄だったな。だからやめておけと言ったんだ』

その言葉に自分まで胸が抉《えぐ》られたように痛くなる。何故かチェルシーの思考や感情が流れ込んできているのだ。

しかしチェルシーはギュッと唇を噛んで、何も言い返すことはなかった。震える手を握りながら、重たくなった足を引きずって歩き出す。

扉を開くとそこにはチェルシーの〝両親〟がいた。笑って話していた二人はチェルシーを見た途端、氷のような冷たい視線を向ける。チェルシーの指先が冷たくなって動かなくなっていく。

『その顔はまたダメだったのか。どうなんだ、チェルシー』

『お父様、お母様……ごめん、なさい』

『はぁ……もう何回目だったかしら？』

『今回はなんて言われたんだ？』

『どうせ暗いとか愛想がないとかでしょう？』

両親から投げかけられる言葉はチェルシーの心に大きな傷を残していく。けれどチェルシーは、そんな両親に認められたくて一生懸命頑張ったつもりだった。

笑顔も作ったし、相手の話も聞くように努力した。なのに何故か公爵令息のネザーはチェルシーを、初めからダメだと決めつけていたのだ。震える腕を押さえながらチェルシーは口を開く。

『頑張ったんですけど、うまく……いかなくてっ』

『まったく……令息から声を掛けられないというから、ジェニファーがわざわざ動いて、素晴らしい令息を連れてきてくれたというのに！』

『あなたはそんなジェニファーの優しさにすら、答えられないというの!?』

『ご、めんなさい……』

何度も何度も吐きかけられる暴言に、チェルシーはひたすら謝ることしかできなかった。懸命に泣くのを堪えていたが我慢できずに涙が頬を伝う。

その表情を見た両親は溜め息をついて「またか」と吐き捨てるように言った。

そして先ほどの公爵令息を門まで送っていたはずのジェニファーが、いつのまにかチェルシーの隣に立っていた。その姿は堂々としており、チェルシーにはジェニファーが輝いて見えた。可愛らしく微笑んでいたジェニファーが唇を歪めて、チェルシーを馬鹿にするように耳元で呟く。

『チェルシーお姉様ったら、本当に何をやってもダメなのね。鈍臭《どんくさ》くて見ていられないわ』

『ぁ……』

チェルシーはその言葉に目を見開いた。するとジェニファーは両親の元に移動すると、悲しそうな顔で口元を手で押さえる。

『あの令息は人脈が広いし、とっても喋りやすいのよ？　折角チェルシーお姉様のために来ていただいたのに申し訳ないわ』

『ああ、ジェニファー……すまないな』

『いいのですわ。少しでもお父様とお母様の役に立ちたかったの』

『ありがとう、ジェニファー』

『さすがだわ。あなたは自慢の娘よ』

『うふふ、わたくしもお父様とお母様が大好きですわ』

チェルシーは黙ってそのやりとりを聞いていた。羨ましいと思いながらも俯《うつむ》くことしかできない。

『そんな性格だから婚約者もできないのよ。王太子のバレンティノ殿下とお近づきになりたいだなんて……夢のまた夢ね』

ジェニファーのその言葉にチェルシーは呆然とした。それはチェルシー本人しか知らない秘密だったからだ。今まで誰にも言ったことがないのに、それをジェニファーが知っていることが怖かった。

チェルシー以外、誰も知らないはずの記憶が流れ込んでくる。

バレンティノはレバレンジェ王国の王太子だ。

ミルクティー色の癖のある髪にピンクダイアモンドのような瞳、自信に溢《あふ》れる立ち振る舞いは、チェルシーにとってキラキラと輝いて見えた。

幼い頃はよく父の仕事についていき、彼とも親しく話していたが、いつの間にか遠い存在になった。そこからは自分にどんどん自信がなくなってしまい、そのうち両親に可愛がられるジェニファーが父についていくようになった。

接点がなくなってからも、噂だけはよく聞いていた。いつも笑みを浮かべていて、人当たりがよく誰にでも優しいバレンティノは、端整な顔立ちをしていることもあって令嬢たちからは大人気だった。頭もよく、剣術の腕も素晴らしいそうだ。

数年前に彼と温かい時間を過ごしたことがあった。王家主催のお茶会で、気分が悪くなったチェルシーが人のいない裏庭のベンチで休んでいた。

どうしてジェニファーのように振る舞えないのか……また侯爵邸に帰ったら怒られてしまうかもしれないと落ち込んでいた時だった。

『大丈夫かい？』

『……！』

『確か、ルーナンド侯爵家のチェルシー嬢だよね？』

『は、はい！』

名前を呼ばれ、驚いて顔を上げるとそこにはバレンティノの姿。チェルシーの心臓はドキドキと音を立てる。

チェルシーの緊張をほぐすように、バレンティノは優しく語りかけてくれた。そんな心温まる気遣いと名前を覚えてもらっていたことが、涙が出そうなくらい嬉しかったことをよく覚えている。

『バレンティノ殿下、わたくしのような者が此処にいたために余計なお気遣いをいただいて、申し訳ございません』

『いいんだよ。僕も休憩したかったんだ』

『……はい』

『チェルシー嬢、君はもっと自信を持った方がいい。こんなに可愛らしいのだから』

何気ない一言だったが、バレンティノに可愛らしいと言われて天にも昇る心地だった。そんな彼との夢のような時間はあっという間に過ぎていく。

『チェルシー嬢、楽しい時間をありがとう。また話そう』

それ以来、顔を合わせた時は挨拶をかわすようになった。嬉しく思う反面、バレンティノにとって自分は数多いる令嬢たちの一人にすぎないとわかっていた。彼を見るたびに想いは膨らんでいくけれど、こんな自分が……そう思うと到底、好きだという気持ちは伝えられそうにない。

チェルシーはバレンティノへの想いを心の奥底に仕舞い込んだ。そんな誰にも言っていない秘めた思いを何故ジェニファーが知っているのか。

『どうして……それを』

目を見開いてチェルシーが問いかけると、ジェニファーはクスリと笑っている。

『ペンを借りようと思ってお姉様の部屋に行ったら、日記をたまたま見つけちゃったのよ。ふふっ、叶えられない夢ばかり書かれてて見ているこっちが恥ずかしかったわ』

『……ッ！』

『なんて冗談よ。チェルシーお姉様の気持ちが知れてとっても嬉しかったわ』

チェルシーの顔が羞恥で赤くなっていく。ジェニファーは両親の前だからか、すぐに取り繕《つくろ》うように言葉を付け足した。

昔からジェニファーはそうだった。チェルシー以外の前では、か弱くて守られる存在を演じている。しかしチェルシーはそんなジェニファーの裏の顔を知っていた。

（なんで、こんな……ひどいわ！）

日記にはチェルシーの密かな願望や夢がたくさん詰まっていた。それを馬鹿にするようなジェニファーの口ぶりに腹が立って仕方ない。けれど何も言い返すことができない自分自身が、一番嫌いだった。

悔しくて悲しくて、涙が溢《あふ》れ出て止まらない。

そんなジェニファーはハンカチを取り出すとチェルシーの頬をそっと拭う。優しい仕草とは裏腹に、耳元で囁かれるのはチェルシーの気持ちを更に絶望に突き落とす言葉だった。

『お姉様、邸のみんなから裏でなんて呼ばれているか知ってる？』

『え……？』

『〝ルーナンド侯爵家のお荷物〟。あとは〝出来損ない令嬢〟ですって』

『……！』

『少しは自分の将来について考えてみたら？　出来損ない令嬢さん』

それを聞いて、チェルシーは羞恥心と悔しさから息ができなくなりそうだった。そして水に沈んでいくように意識が落ちていくような気がした。

涙を流し青ざめた顔でフラフラと廊下を歩いていると、道が開けていくのと同時にクスクスと囁くような笑い声が聞こえてきた。それはジェニファーのそばにいて、いつもチェルシーを馬鹿にしてくる侍女たちのものだ。

部屋の中に入って後ろ手で扉を閉める。グラリと視界が歪んでベッドへと倒れ込むようにして顔を伏せた。

チェルシーはシーツをグシャリと握りしめた後に、固く固く歯を食いしばっていた。

心の声が届いてくる。

(どうして……わたしは誰にも愛されないの？　なんで何もかもうまくいかないの。わたしの何がダメなの？　頑張っても認めてもらえないのはどうして？)

精神的なものだけとは思えない苦しそうなチェルシーの様子にいてもたってもいられず、叫ぶ。

――ねぇ、大丈夫？　しっかりして！

(苦しい……こんな自分が大嫌い。出来損ないなら消えてなくなっちゃえばいいのに)

――よくわからないけど、大丈夫だよ！　もうっ！　なんでアタシの声が届いてないの⁉

(わたしはどう頑張ればいいの？　誰か助けて……お願いっ)

――助けるよ！　助けるから、早くこっちに手を伸ばして。あんな奴ら、アタシがぶっ飛ばしてあげるから！

今にも消えてしまいそうな少女に手を伸ばした。涙をいっぱいに溜めた少女の紫色の瞳と目が合って彼女も手を伸ばしてくる。二人の指が触れた瞬間、辺りが眩《まばゆ》い光に包まれた。

＊　＊　＊

「もう、なにぃ……？　すっごい変な夢見たんですけど」

キララが目を開くと、そこには見慣れない景色が広がっていた。何故か西洋風の部屋の中にいるようだが、訳がわからずに首を傾《かし》げる。

（あれ、アタシ……確か電車に乗ってたはずだよね。もしかして寝てる間に乗り過ごしちゃった系？）

とりあえず、ここがどこか確認するために重たい体を起こす。ボヤけたままの視界が気になり目を擦《こす》った。

（やばー！　なんか、つけまとカラコンが変な感じするんだけど。てか、バッグどこだよ）

場所の手がかりを探すことも忘れて、化粧が落ちていないか心配になり、キョロキョロと辺りを見回す。豪華な金縁の鏡を見つけて飛び込むようにして鏡の前に行く。

――そこに映る人物に目を見開いた。

「はぁぁあぁぁ……!?　何これ、意味わかんないっ」

「お嬢様？」

「そんなに大きな声を出してどうされましたか。お加減でも悪いのですか？」

眉を顰《ひそ》めて部屋に入ってきたのはスカートの丈が長いメイド服を着た二人の少女だった。一人はベージュのおさげ髪にそばかすが可愛らしい少女、もう一人はミントグリーンの髪をポニーテールにしている吊り目の少女である。

彼女たちが何者か気にするよりも『お嬢様』という聞き慣れない言葉がひっかかってしまい、思わず吹き出してしまう。

「ぶはっー！　お嬢様って何それ、ウケるんですけど。んで、どこにお嬢様がいる感じ？　アタシも見たいなぁ」

「……えっと、お嬢様は」

「お嬢様は？」

「あなたのことですけれども……」

「へ……？」

メイド服を着た女の人の指差す先には、鏡に映っている先ほどの少女がいる。そして指の方向を辿《たど》ると、明らかに〝自分〟を指しているではないか。

「……つまり、どういうこと？」

「あなたがお嬢様ですよ？」

「──はぁ!?　アタシがお嬢様って、そんなわけないじゃん！」

しかし、何を言っているのかと不思議そうにしている二人を見て、もう一度鏡を見ながら頬をペタペタと触ると、自分の肌に触れている感覚があり驚愕する。

(どういうこと？　なんで外国人の子供になってるの!?　何で知らない子がアタシの前にいるのよ！)

自分の手を上げてみると、同時に目の前の少女の手が上がる。そのことが理解できずに固まった。

そのまま自分の手のひらを見れば、ギラギラのネイルをしているはずの長い爪がなくなり、綺麗に切り揃えられた美しい爪が視界に入って、また驚いてしまう。

再び目を凝らして鏡を見れば紫色の瞳と目が合った。そしてオレンジ色の少し癖があるサラサラとした髪に触れる。最近、お気に入りの髪色に染めたばかりのはずなのに。

（あれれ？　アタシの髪って金にピンクのメッシュだったよね。エクステもつけたばっかだし……今日のカラコン、紫じゃなくてグレーでしょ？　おっかしいなぁ）

顔を触りながら首を傾《かし》げるという後から思えばかなり器用な不思議がり方をしていたが、ある考えに辿《たど》り着く。

「ねぇ、そこのお姉さんたち。コレって何ていうテレビ番組のドッキリ企画？」

「え……？」

「もう演技はいいから、そろそろ元の場所に返してくんない？　今日さ、ラブちゃんと渋谷に行く予定なの。今度遅刻したら、タピオカミルクティー奢《おご》んなきゃいけないんだよねぇ」

「……!?」

「どこにカメラあんのー？　てか子どもになって別人になる仕掛けとかマジでうけるんですけど」

ケラケラ笑っていると、メイドたちは口をあんぐり開けてこちらを見ている。

「うわー！　マジで誰だよ、勝手にメイク落としたの。メイクしてないじゃん。でも肌めっちゃ綺麗だねぇ……羨ましいんだけど。このオレンジの髪ってウィッグ？　超可愛いじゃん」

「……だッ」

「だ？」

「誰か……！　お医者様を呼んでください」

「お嬢様が、チェルシーお嬢様が……！」

「意識を取り戻したら大変なことにっ」

扉を開けて慌てて出て行くメイドたちの背を見送った。

「え、なになに？　アタシ、なんかした？」

スタッフを呼びに行ったのかと思い、椅子に座って待っていたがいつまでたっても戻ってこない。暇になり、もう一度鏡を見てプリクラ感覚でピースをする。

そしてオレンジ色の髪を引っ張ってみると、頭皮が引かれている感覚があるのだ。

（ウィッグじゃなくて、生えてる……？　いやいや、ありえないから。まさかね！）

何度鏡に顔を近づけてみても作り物の感じがない。リアルな感覚に戸惑うばかりだ。数秒だけ考え込んで、ある結論に辿《たど》り着く。

「考えてもわかんないからいっか！　てか、この子めちゃくちゃ可愛いじゃん〜！　お人形さんみたい」

マイペースに頬を引き伸ばして遊んでいると、慌てて飛び込んできたのは、派手で重たそうなドレスを着た女性と王様のような格好をした男性だ。

「チェルシー、朝から一体何の騒ぎだっ！　あの後、熱を出して倒れたかと思えば次から次に問題を起こしてっ」

「はぁ……？」

「数日前はジェニファーが対応したからよかったものの、今度は医者が必要だなんて、何を考えているのか説明しろ」

「ちょっと、何の話を……」

「これ以上、ダミアンやジェニファーの輝かしい未来を邪魔しないでちょうだい。恥を晒《さら》してばかりで、私たちにも迷惑を掛けてどういうつもりなのかしら？」

急に怒鳴られれば誰だって気分はよくないだろう。しかも『チェルシー』と呼ばれ一方的に吐きかけられる言葉が自分を責めているのだと何故だか認識してしまったから尚更だ。

キララが反応しなかったからか、今度はメイドたちが怒鳴られ始める。

「それにお前たちがもっとしっかりとチェルシーのことを見ていればこんなことにはならなかったんだ！」

「も、申し訳ありません！　ですが、お嬢様の様子がいつもと違ったので……」

「一度、医師に見せた方がいいと思うのです！　よくわからないことばかり言いますし混乱されていて、もしかしたら記憶がっ」

「医師に診せる必要なんてないわ！　この子が鈍臭《どんくさ》いのも元からよ。変なことばかりして気を引こうとしているのでしょう？」

「ですが、本当にっ」

「いい加減にしろ！　まったく侍女も使えないやつばかりだな」

「どうせ大したことないわ。今だってこんなに元気そうに鏡の前に座っているじゃない。こんなくだらないことでいちいち呼び出さないで」

「……っ」

メイドたちを一方的に叱りつける男性と女性を見ながら口をポカンと開けていた。

(今、アタシが怒られてたはずなのに、どうして今度はメイドたちが怒られてんの？　チェルシー……って、たぶん今のアタシと同じ見た目の子かな、その子を心配してただけよね？)

先ほどまで心配そうにこちらを見ていたメイドたちは、二人の怒鳴り声に完全に萎縮《いしゅく》してしまっている。

「お前たちがしっかりしていれば」

「これ以上いい加減なことをするなら辞めてちょうだい」

何が理由で彼女たちが怒られているのかもわからないまま会話を聞いていたが、とにかく胸の中がモヤモヤしていた。

様子を窺《うかが》っていると、涙ぐむメイドたちは唇を噛んでこちらを睨みつけている。彼女たちを助けなければと思い、手を伸ばしたのと同時にズキリと痛む頭を押さえた。

——チェルシー・ルーナンド。

そんな名前が頭を過《よ》ぎった。控えめで大人しい性格の彼女は、いつも家族から冷遇されている。気が弱く控えめで自分に自信がない。兄に馬鹿にされても妹に好き放題されても、何も言い返すことができない。兄のダミアンは妹のジェニファーを溺愛して、チェルシーを毛嫌いしている。

両親も愛嬌があり素直で明るいジェニファーに期待を寄せて可愛がっているようだ。チェルシーはいつも一人ぼっち。何も言い返せない弱い自分を嫌っている。心にあるのは疎外感と悲しみと苦しさだった。

(……なに、この記憶)

頭の中に知らない情報が次々と流れ込んできて、すぐにすべて理解することはできそうにない。けれど、たった一つだけハッキリとわかったことがあった。

自分が〝チェルシー・ルーナンド〟になってしまったということだ。

しかしそれを素直に受け入れることができるはずもない。

(なんでアタシがチェルシーなの？　コウシャクレイジョウって、コウシャクって何？　キゾク、ジジョ、オウコク……なんか難しい言葉ばっかりで意味わかんないけど、コレやばいってことでしょ？)

混乱している間に男女の怒りは再びキララ……いや、チェルシーにも向いた。

『迷惑を掛けるな』『何故ダミアンとジェニファーのようにできないんだ』『もう少し愛想よくできないのか？』

チェルシーにかけられる言葉も辛辣《しんらつ》なものばかりだった。混乱している最中、苛立ちをぶつけるかのように一緒に叱られる侍女たちを見て目を見開いた。

目に涙を滲《にじ》ませながら頭を下げる侍女たちの恨みがこもった視線に肩を揺らす。断片的ではあるが二人と過ごした記憶が流れ込んでくる。パラパラと紙芝居を捲《めく》るように二人とのやりとりが頭に浮かぶ。

『チェルシーお嬢様がちゃんとしてくださらなければ私たちが叱られるんです！』

『お願いですから、しっかりとしてくださいっ』

『もう嫌……どうして旦那様と奥様に説明してくださらなかったのですか？』

『全部、お嬢様が何も言ってくれないせいですからねっ』

——ごめんなさい。二人を守れなくて
そう思っていても気持ちに出ることはない。チェルシーは黙って俯《うつむ》いているだけだった。

（チェルシーは家族だけじゃなくて、このジジョたちにも嫌われてるっていうこと？）

しかし、家族と違い、侍女たちに冷たい態度を取られている理由は理解できてしまった。おそらく、チェルシーが家族に問われても何も言わないせいで、チェルシーの近くにいる侍女までこうして理不尽に怒られ続けているのだ。それが今の態度や地味な嫌がらせに繋がっているらしい。

しかし断片的な記憶によると、元々、チェルシーとこの侍女たちはとても仲がよかったようなのだ。チェルシーが萎縮《いしゅく》し侍女たちを守るべき場面でも動けなくなったことで徐々に関係が崩れていった。こうして両親がチェルシーと妹のジェニファーを比べるようになってからはますます悪化してしまう。チェルシーはこの二人に申し訳ないと思っていたようだが、それすらも口にしていないため、一切伝わっていない。

「聞いてるの⁉　チェルシーッ、答えなさいっ」

「いい加減、なんとか言ったらどうなんだ！」

「いつも黙ってばかりで少しは反省して次に活《い》かそうと思わないの⁉」

「だからいつまで経っても婚約者ができないんだ。いい加減にしないとこの家から出ていってもらうからな！」

罵声を浴びながらふとこの男女がチェルシーの両親だということを理解する。

（誰かと思ったら、さっき夢で見ていた人と一緒じゃん）

そして自分の両親の姿を思い浮かべた。頭はよくなかったし、口が悪くて誤解されることもあったけれど、いつも笑って話を聞いてくれて信じてくれた。意見が合わなくて殴り合いの喧嘩もしたけど、最後には仲直りして一番の理解者でいてくれたことを思い出す。

（てか、さっきからチェルシーの話、聞く気なくね？）

先ほどから一方的にチェルシーを責め続けているが、こちらにも言いたいことがあった。

「ねぇ、ちょっとおかしいんじゃない？」

「は……？」

「チェ、ルシー……？」

何とか言ったらどうだ、と言っていたくせに言い返したらびっくりしているではないか。しかしここはお言葉に甘えて遠慮なく言わせてもらおうじゃないかと言葉を続ける。

「あのさ、アタシにはアタシのペースがあんの……！　いっつも勝手に色々言って何様のつもり？あと、この子たちはアタシを心配してくれただけで何も悪くないんですけど」

「なっ……！」

「ギャーギャー騒いで、マジでうっせぇわ！　そんなに怒鳴らなくてもよくない？」

「チェルシー、お嬢様……？」

「今、誰がうるさいと言ったの？」

「チェルシーが……我々に向かって言ったのか？　嘘、だろう!?　こんなことを言うなんて」

両親は混乱しているのか顔を見合わせて困惑しているようだ。そのまま二人はチェルシーを見たまま黙り込んでしまう。

(こいつらマジで腹立つ……！　チェルシーが言い返しただけでこの反応って何なの？)

今までチェルシーに嫌な態度をとっていた侍女たちを許せない思いもあるが、それに関してはどうやらチェルシーにも非があるようだ。二人とよく話をして仲直りしなければ。

(話を聞くためには……チェルシーパパとチェルシーママが邪魔！)

思い立ったらすぐに行動。扉を開けてから出て行けとジェスチャーを送る。

「この人たちと話したいことがあるから、チェルシーのパパとママはちょっと待ってて！」

「マ、ママってチェルシー、何を言っているの？」

「チェルシーの身に一体なにが……」

「もういいから早く部屋から出てってよ！　邪魔なのっ」

「……なっ」

「ちょっと待ちなさいっ、チェルシーッ！」

いつまでも部屋から出て行こうとしない二人の体を押していく。侍女たちから話を聞きたいのに横からギャーギャー言われていても話が進まないからだ。そして外に体を押し込めてパタリと扉を閉める。

扉の外でまた何か言っているようだが、べーと舌を出してからフンと顔を背《そむ》けた。丈が長くて動きにくいワンピースの裾《すそ》を持ち上げる。

（歩きにくすぎっ！　なにこれ、しかも地味……）

怒りをぶつけるようにガニ股で歩きながら椅子に腰掛ける。静まり返る部屋の中で気まずい雰囲気が流れた。何故、今になってチェルシーが自分たちを庇《かば》ったのか……理由がわからないといった戸惑いの表情だ。

「なんかチェルシーとあなたたちって、あんまり仲良くないみたいだけど、それってこの子の態度に原因があったってことでしょう？」

「あの……今、話しているのはチェルシーお嬢様ですよね？」

「今はそうみたいなんだけど違うっていうか……ちょっと待って！　なんか伝えなきゃいけないことがあるみたいだからっ」

二人は頭を押さえるチェルシーを見てポカンと口を開いたままこちらを見ている。今は元のチェルシーの気持ちを代弁しなければならない気がすると、必死に身振り手振りを交《まじ》えて説明をするがなかなか伝わらない。

「えっと……だから、チェルシーは変わりたかったっていうか」

「どういう意味でしょうか？」

「だからね、なんかうまくは言えないけどチェルシーはずっとあなたたちにごめんなさいって思ってたみたいなのっ！」

「え……？」

「うーんと、ずっと二人を守りたいって思ってて自分のせいで嫌な思いをしたのがわかっていたから、嫌がらせみたいなことされてても仕方ないって、心の中でずっと謝ってるって感じ！」

二人はチェルシーの言葉に動揺しているのか瞳がゆらゆらと揺れている。

「あと、それでもこんなわたしのそばにいてくれて嬉しい。ありがとう……的な？　あぁっ！　もうアタシじゃうまく説明できないっ！」

「チェルシーお嬢様が私たちにそう思っていてくださったのですか？」

「本当に……？」

うまく言葉が出てこなくて頭を掻《か》きむしりながら説明していたが、なんとか二人には伝わったようだ。

とりあえず第三者目線から見て、三人は互いに色々と思いやっていたが、うまく噛み合わなかっただけのような気がしていた。チェルシーの両親が事あるごとにうるさく口を出してくるのも三人の間を引き裂く原因にもなっているのではないか。

「チェルシーとうまくいかない理由もなんとなくわかったし、詳しく話を聞かないままアタシがムカつくとかヤダって言うのも後味悪いじゃん？」

「……チェルシーお嬢様」

「だからチェルシーに嫌がらせしてた理由とか、ちゃんと説明して！」

「それは……」

「そしたら仲直りできるじゃん？　話し合って解決しよ！」

「で、ですが……」

「遠慮せずに正直に言っていいからね！」

ボタンをかけ違えたようなもどかしさを解消したくて必死だった。その言葉に二人は目を合わせると、控えめにポツリポツリと語り始めた。

チェルシー付き侍女になってから、他の侍女たちからは馬鹿にされていること。八つ当たりされるように怒られてばかりで肩身が狭いということ。

チェルシーに自分に自信をつけてがんばってもらいたくて、色々とサポートしてきたこと。いざとなったら何も言えずに結局は自分たちのせいにされて悲しかったこと。

それでも黙っていたチェルシーを見て愕然《がくぜん》としつつ、その後もいつもと変わらずに家族から疎《うと》まれているチェルシーに、もどかしい思いを抱えていたことを話してくれた。

ちなみに侍女は身の周りのお世話をしてくれる女性のことだとも教わった。

「チェルシーお嬢様には自分の意見を言えるようになって欲しかっただけなんです。損ばかりしていて見ていられなくてっ」

「それに私たちは奥様と旦那様に理不尽に怒られるのはもう嫌です……！」

「もう少し自信を持ってくだされればと思っていたんです。緊張して萎縮《いしゅく》しなければ、チェルシーお嬢様は本当は何だってできるんですよ？」

「本当はジェニファーお嬢様よりもずっと優しくて可愛くて素晴らしい方なのにっ」

その言葉を聞いて、チェルシーの胸が締め付けられるように痛くなる。二人はチェルシーを嫌っているわけではなく、本当は誰よりもチェルシーの魅力を理解してくれて、応援してくれていたのかもしれない。それでチェルシーに八つ当たりするのはよくないが、辛い思いをし続けているときにずっと優しくしろというのは酷だ。頷きながら二人の話を聞いていた。

涙ぐむ二人に近くにあった布を渡して、チェルシー自身も音を立てて鼻をかむ。辛い態度の裏には思いやりがあったようだ。

「アタシも怒られるの嫌いだから、めちゃくちゃ気持ちわかるよ……！」

理不尽な理由で怒られ続けるのは辛いだろう。とはいっても、このままだと三人にとっていいことはひとつもなく悪循環だ。チェルシーも二人に罪悪感を感じたまま、いい関係に戻れない。

「二人がチェルシーに対して不満に思っていた理由はわかった！」

「チェルシーお嬢様……」

「ムカついてたのはわかったけど、そんなことしてもいい方向に向かわないじゃん。チェルシーに伝わらないどころか逆にもっと自信がなくなって、一人ぼっちになっちゃうでしょう？」

「でもチェルシーお嬢様は、私たちに何も言ってくれないじゃないですか！」

「そうですよ！　私たちだけががんばったってチェルシーお嬢様は私たちのこと、どうでもいいんじゃないんですか？」

「そんなことない！　チェルシーはちゃんとわかってたけど、うまく感謝も伝えられなくて……だからアタシもがんばってチェルシーを応援するから力を貸して欲しいの！」

　自信満々で言うチェルシーと、彼女を唖然《あぜん》とした顔で見ている二人の間に沈黙が流れた。

「………あの」

「なに？」

「えっと、チェルシーお嬢様の話をしてるんですよね？」

「うん、そうそう！　チェルシーの話をしてるんだよ？」

「「………」」

　このとき侍女二人は思っていた。何故、自分のことを話しているのに他人行儀なのだろうかと。しかし当の本人は得意気である。

「聞いて！　一つ提案があるんだけどさ、頑張ってアイツらを見返してやろうよ！」

「え……？」

「見返すって本気ですか？」

「だってさ、このままじゃ悔しいじゃん！　チェルシーも本当はそう思っているだろうし。あ、そうだ。今更だけど友達になろう！」

「トモ、ダチ……？」

「そうそう！　アタシと友達になろ～」

　握手をしようと手を伸ばしてみるものの、二人は顔を見合わせて戸惑っている。そして申し訳なさそうにしている表情を見て考え、言葉を続けた。

「チェルシーの立場的にもジジョを変えたりできるじゃん？　でも嫌なことされてもクビにしなかったのは、結局は二人に近くにいて欲しいって思ってたってことじゃないの？　んで、多分二人もさ、どうしても嫌だったら配置換え？　してもらったり、辞めたりとかできたわけじゃん？　それをしなかったのは、嫌だったけど、それでもチェルシーに頑張ってほしいって、見守りたいって思ってくれてたんでしょ？」

「……っ」

「それは……」

やはり二人もチェルシーのそばから離れることは望んでいないようだ。

（言いたいこと言えたし、スッキリー！）

胸につっかえていたものがポロリと取れたような気がした。

そんな時、何かに呼ばれたような気がして机を見る。そのまま引き出しを開ければ、いくつかのノートが入れてあった。それは、チェルシーが努力していた結果だろう。ボロボロのノートには勉強の跡がたくさんあった。ある一冊にはチェルシーの夢や想い、それと後悔が書き綴《つづ》られていた。

日記を勝手に見るのはわけが違うと思い、引き出しに戻そうとした時だ。

（この日記、どこかで見たことあるような……あ、わかった！　あの夢でジェニファーとかいう性格悪い女がなにか言ってた気がするけど……なんだっけ？　っていうかアタシ、日記の話を聞いただけで見てはないよね？）

そんな時、ヒラヒラと落ちるメモ。侍女の一人がメモを拾い上げる。そして目を通した瞬間、チェルシーの名前を呼びながら涙ぐみ始めた。

元々のチェルシーに申し訳ないと思いつつ、メモの内容を見る。

『ダミアンお兄様とジェニファーとはもう無理かもしれないけど、せめてお父様とお母様には認めてもらえますように』

『大好きなリリナとネルが幸せになれますように』

『強くなれますように』

チェルシーの願いが書き綴《つづ》られている。強い思いを感じるメモだった。

「……申し訳ありません」

「っ、ごめんなさい」

「チェルシーも助けられなくてごめんなさいって、何度も言っているような気がする」

「え……？」

「チェルシーも自分を変えたくて、たくさん頑張っていたみたい。それにさ、二人と仲良くできたのをチェルシーは本当に嬉しいって思ってたんだよ。だから寝る間も惜しんで勉強していたんだと思うんだよねー」

胸元を両手で押さえながら気持ちを吐き出していくと、スッと風が通り抜けるような感覚になる。

「今回はお互い様ってことでさ、綺麗さっぱり忘れて仲良くしよう！」

「はいっ」

「ありがとうございます」

「じゃあ、チェルシーと仲直りねー！　って、アタシが言うのもおかしいんだけど」

とりあえずはチェルシーが大切に思っている二人に思いを伝えることができたようだ。それに味方になってくれる人ができてチェルシーも喜ぶことだろう。再び日記とメモを机の引き出しにしまう。

満足しながら頷いていると、あることに気づく。ハッとしたチェルシーは勢いよく体を反らせて頬を押さえながら声を出した。

「あああ――ッ!?」

「チェルシーお嬢様、そんな大声を出されてどうされたのですか!?」

「約束の時間に遅れちゃうっ！　マジでやばい！　めちゃくちゃやばい！　ラブちゃん待たせてんの忘れてた。てか渋谷どっち？」

掴《つか》みかかる勢いで二人に問いかける。こんなところで寄り道している場合ではないのだ。親友のラブちゃんはクールで優しくて大抵のことは許してくれるがキレるとめちゃくちゃ怖いので怒らせたくはない。

しかし返ってきたのは予想外の言葉だった。

「あの……ひとつ聞いてもいいでしょうか？」

「うん、いいよ！　急いでるから早くして」

「シブヤって何でしょうか」

「はい？　渋谷って、渋谷だけど……ここどこ？　秋葉原？　新宿とか？」

「ここはアキハバラでも、シンジュクでもありませんが」

「えっ、なにそれ……じゃあここどこなの？」

「ここはレバレンジェ王国です」

「レバー？　レバリ、なに？　王国……何それ」

何度聞いても、その国の名前を覚えられそうにない。舌を噛んでしまいそうだ。

「チェルシーお嬢様、何かご様子が違いますし、旦那様と奥様はああ言っておりましたが、やはりお医者様に見ていただいた方がいいのではないでしょうか？」

何を言っても医者に連れて行こうとする二人にやきもきしたチェルシーは自分を指差しながら問いかける。

「ねぇ、さっきから気になってることあんだけどさ」

「はい」

「チェルシーって、アタシ？」

「そうですけど……」

「なんでアタシがチェルシーなの？」

「………やはりどこか悪いのでは？」

チェルシーはレバレンジェ王国の貴族であるルーナンド侯爵家の長女であると説明を受けるが、否定して違う人物だと言うと更に心配されてしまう。

「だからアタシは日本人で、ラブちゃんと買い物に行く約束してたの！」

「ニホンジン？　ラブチャンとは……？」

「本当の名前はチェルシーじゃなくて、〝キララ〟って名前で……！」

「チェルシーお嬢様、物語の読み過ぎではないのでしょうか？」

「お気を確かに」

「だあぁぁああっ！　本当なんだってば、信じてよぉ～」

両親がキラキラ輝いて欲しいという理由でつけたキララと言う名前を気に入っていたのに、どうやらここでは強制的にチェルシーになってしまうようだ。

別人だと言っても「熱の影響でしょうか」「お医者様を呼びましょう」と言われてしまい、なかなか信じてもらえない。

こうなったらハッキリ言わなければと「チェルシーとアタシは別人で、アタシはこの国の人間じゃないの！」と言ったのにもかかわらず、困ったように首を傾《かし》げるだけで話が進まない。

(ここまで言ってんのに、なんで信じてくれないの⁉)

ワナワナと震えながら呆然としていた。ただここが日本ではなく別世界だという実感が押し寄せてくる。なのに言葉が通じるし文字も読める。

「つまりアタシがアタシじゃなくなったってことなの？　アタシ、キララじゃなくて本当はチェルシーだったってこと⁉　いやいや、ありえないっしょ！　確かにキララとしての記憶があるし……」

「やっぱりお医者様に診ていただいた方がっ」

「医者はいらないの！　もう意味がわかんないんだけどぉ……ラブちゃん助けてよぉぉっ！」

突然のことに頭がパンクしそうである。しかし鏡に映る可愛らしい姿を見てピタリと動きを止めた。

（よく見るとチェルシーって、めちゃくちゃ可愛くない？　すっごくモテそうだし、ずっと憧れてたあざと可愛いモデルの、ユユピに似てる気もするし……）

そう考えると、どんどんこの状況がよく見えてくる。それにこのまま〝チェルシー〟であることを否定し続けても前には進めない。

「もう考えるのやめるわ！　時間がもったいないから前に進もう……！」

独り言のようにポツリと呟いた。ぱんぱんと力いっぱい頬を叩いてみても、やはり夢から覚めるような気配はない。チェルシーになってしまったのなら、チェルシーの間は自分らしく楽しめばいいのだ。

「とりあえず、チェルシーになっちゃったもんは仕方ないし、夢から醒《さ》めるまでの間は〝お嬢様生活〟楽しんでやるっ！」

「チェルシーお嬢様？」

「はいはい！　えーっと、名前は……」

「……リ、リリナです」

「ネルですけど」

ベージュのおさげ髪、そばかすがある少女がリリナで、ミントグリーンの長髪をポニーテールにしている快活そうな吊り目な少女がネルだそうだ。

「ネルっちとリリにゃんのことも知りたいからたくさん教えてね！」

「ネルっち……？」

「……リリ、にゃん？」

「あだ名、可愛いでしょ？　改めてよろしくね。ネルっち、リリにゃん」

「は、はい……よろしくお願いします」

「よろしく、お願いします？」

こうしてよくわからないままチェルシーとなったキララは、そこでようやくある違和感を覚えてお腹を押さえる。

「ねぇ、お腹の苦しいやつ取っていい？　なんか板みたいなのが邪魔で動きづらいんですけど」

「コルセットのことですか？」

「ああ、お嬢様！　ダメです、脱がないでくださいっ」

スカートの下から手を突っ込んでコルセットを取ろうとするのをリリナとネルに止められてしまった。

「ケチー……」

「淑女たるものきちんとコルセットは着なければなりません！」

「シュクジョ？　何それ、新しい服のブランド？」

「違います！」

「とりあえずここはチェルシーの部屋でしょう？　他の場所も案内して。さっきから思ってたんだけど外国のお城みたいで楽しそう」

扉の外に苛立った様子で待機していた両親のことも忘れて「行こー」と言いながら二人の手を取り、チェルシーは部屋の外に出た。すると律儀にも話が終わるのを待っていたのか、チェルシーの顔を見た途端に怒号が飛んでくる。

「おい、チェルシー！」

「まだここにいたの？　何か用？」

「先ほどのことだ！　話があるから来なさい」

「今は忙しいから無理！」

「は……？」

「今から二人と散歩に出かけるから。それにこれ以上、くだらない説教は聞きたくないし」

そう言って手を横に振ったチェルシーに、この場にいる四人はポカンと口を開けている。それを気にすることなく、チェルシーの両親と同じく唖然《あぜん》としているリリナとネルの手を引いた。

「ネルっち、リリにゃん、早く行こう！　ばいばーい」

「お嬢様っ、走ったら危ないです」

「待ってくださいませ」

「アハハ！　てか廊下長くね？　この家ヤバすぎー」

チェルシーの両親を無視して足を進めていく。迷路のような屋敷を出て外に出ると、広大な敷地が広がっていた。リリナとネルに説明を受けながらも、色々なところを見て回る。

途中「チェルシーお嬢様が、チェルシーお嬢様じゃないみたいです」と言われたので「だからそう言ってんじゃん」と言うと、二人はやはり違和感を覚えているだけなのか首を横に傾《かし》げた。何故、別人だと信じてもらえないのかがわからない。

三人で思い悩みながらも適当に歩いていると、一面、草と花に覆い尽くされた場所を見つけて「わぁ……！」と声を漏らす。都会に引っ越してくるまでは田舎で暮らしていたので、懐かしく思った。

（都会も色々あって楽しいけど、田舎暮らしも好きだったなぁ）

吸い込まれるようにそこに向かいその場に座り込む。リリナとネルも隣にくるように手で地面を叩いてアピールする。今日は温かくて天気もいい。雲ひとつない青い空と美味しい空気に上機嫌で鼻歌を歌っていた。

ネルが慌てた様子で日傘を持ってくる。

「あったかいし、いらなーい」と言っても「ダメです」と言われて口を尖らせた。ふと茎が丈夫そうなシロツメクサに似た花を見つけてチェルシーは目を輝かせた。

「懐かしい～！　これで花冠作ってもいい？」

「一応、庭師に聞いてみますね」

そう言ってリリナが許可を取りに行こうとするのを引き止めて「自分で行くよ」と言うと「お嬢様は座ってお待ちください」と言われてしまう。

庭師からここの花は好きにしても大丈夫という許可が出たため、チェルシーは遠慮なくその辺に咲いている花や草を引っこ抜く。昔、弟や妹たちによく作ってあげていた花冠を黙々と作っていた。

「それでチェルシーはさ、これからどうすればいいの？」

「どうって……」

「レイジョウって何すんの？」

「いい家に嫁ぐためにマナーや勉強、自分磨きと……」

「自分磨きは好きだからいいけどさ。そういやこのワンピ、めちゃくちゃ地味だよねぇ。チェルシーの趣味？」

「いいえ。本当は明るい色のドレスが好きだと思います。でもジェニファーお嬢様が選んでくれたからと、よく着ていました」

「ジェニファーお嬢様？　なんか聞いたことがある名前のような……」

リリナとネルに質問すると怪訝そうな顔をしながらも答えてくれる。色々な知識を教えてもらっていると目の前に人影が見えた。

顔を上げると王子様のような格好をした眼鏡をかけた青年と、チェルシーとは真逆の可愛らしいドレスをきて日傘をさしている少女の姿があった。

「あら、チェルシーお姉様。こんなところで一体、何をしているの？」

「はぁ……まるで子供のようだな。はしたない奴め」

口を開けばムカつくことを言ってくる奴らしかこの場所にはいないのかと苛立ちつつも、眼鏡をかけた青年の言葉にカチンときて、チェルシーは立ち上がり青年を思いきり睨み上げる。

突然の行動に驚いたのか青年は一歩、後退する。そして眼鏡をカチャリと掛け直して動揺を隠すように咳払いをした。

隣でその様子を見ていた少女はにっこりと微笑みながら、チェルシーに問いかける。

「チェルシーお姉様、目が覚めたのですね。ネザー様に謝罪の手紙は送ったのですか？」

「ネザー様？　誰、それ」

「ベネールガ公爵家の令息ですわ。お姉様ったら、先日の失態を忘れてしまったのですか？」

「………？」

「折角、婚約者ができるチャンスでしたのに残念ですわね」

クスリと笑いながら言った際の表情で、見覚えのある人物だと気づく。

（この子知ってる！　夢で見た性格の悪いチェルシーの妹だ……！　日記を勝手に見て馬鹿にしてたし、嫌なことばかり言ってきた奴じゃん）

どうやら〝チェルシー〟として目覚める前に夢で見ていたものは本当に起きた出来事だったようだ。そう思い当たれば確かに、チェルシーに暴言を吐いて去って行った金持ちそうな青年は、ネザーと呼ばれていた気がする。

そんな二人の後ろには、チェルシーたちを嘲笑《あざわら》いながらこちらを見ている侍女の姿があった。

「ネルっち、リリにゃん。この感じ悪い奴らの名前ってなんだっけ？」

二人を指差しながら言うと、唖然《あぜん》としながら面白いほどに目を見開いている。ミントグリーンの髪を揺らしながら慌てた様子でネルが耳打ちする。

「この方たちはチェルシーお嬢様のお兄様のダミアン様と、妹君のジェニファー様ですよ！　忘れたのですか？」

「ふーん。ネルっち、ありがとう」

「い、いえ……」

四人の心の声が表情を通してここまで聞こえてくるような気がした。ジェニファーがチェルシーの妹でダミアンが兄であることを知ったとしても不愉快な気持ちは減るどころか増していく。

「感じが悪い、だと？　もしかして俺たちに向かって言ったのか？」

「チェルシーお姉様、わたくしたちの名前を忘れるなんて熱で記憶喪失にでもなったのかしら？」

「またいつものように自分の愚かさを誤魔化そうとしただけだろう」

目の前に本人がいるのに言いたい放題である。今度はチェルシーが熱を出したことで記憶喪失になったと思われているようだ。この二人にも別人だと説明しても信じてはくれなさそうだと判断したチェルシーは口を噤む。

(ダミアンとジェニファーは兄妹《きょうだい》って感じだけど、チェルシーとは雰囲気があんまり似てない感じ。ま、どうでもいいけどね～)

二人の言葉を右から左に聞き流して無視しながら花冠作りを再開する。

「様子を見に来てみれば……父上と母上が騒いでいたのはコレが原因か」

「ほんとよね。普段はお部屋でずっと本を読んでいるのに不思議だわ」

「ふざけた態度を取って見過ごせないな」

「頭がおかしくなってしまったのかしら？」

ジェニファーと侍女たちのクスクスとチェルシーを馬鹿にするような笑い声が響く。もちろん居心地のいいものではない。

（うるさい奴らは無視無視……ラブちゃんとよくウザい奴らは相手にしないに限るって話してるもん）

チェルシーは二人の存在を無視しながら手を動かしていた。しかしダミアンとジェニファーは、そんなチェルシーの態度が気に入らないと言いたげに眉を顰《ひそ》めてこちらを見ている。

（早くどっか行かないかなぁ）

チェルシーの視線は手元に向けられたままだ。ネルとリリナはチェルシーと彼らを交互に見ているが誰も言葉を話すことはない。空気は固くて気まずいものだった。

立ち去る様子のない二人に向かってチェルシーは呟くように言った。

「まだ何か用？　暇なの？」

「……ッ、チェルシーお姉様こそ何をやっているのですか？」

「何って見てわかんない？　ネルっちとリリにゃんと遊んでんの」

プッと吹き出すような声が聞こえたが、チェルシーが相手にすることはない。

「そんなに見ていてやりたいの？　ジェニファーも一緒にやる？」

「えっ……？」

「今……ジェニファーを誘ったのか？」

「うん、そうだけど。あ、作り方がわからないなら、アタシが教えてあげるよ」

「…………」

周囲は静まり返っていた。まるで時が止まったような沈黙に耐えきれなくなり首を傾《かし》げていると……

「アハハッ、侯爵家の令嬢が何を言ってるのかしら」

「はしたない……幼児に逆戻り？」

「ほんと、侍女も侍女なら主人も主人よね」

「ふふっ、本当よね。二人とも使えないものね」

「両方とも出来損ないよ。旦那様と奥様に怒られてばっかり」

後ろからコソコソと聞こえる悪口にチェルシーは振り向いた。どうやらジェニファーの侍女が五人ほどこちらを見て何かを言っている。

(姉のチェルシーの侍女が二人で妹のジェニファーの侍女が五人……なんで？)

その言葉にネルとリリナは恥ずかしそうに俯《うつむ》いている。

「令息に振られたことがショック過ぎて、ついにおかしくなっちゃったんじゃない？　フフッ」

「あはは、笑っちゃダメよ」

「あなたこそ！　ああ、おかしい」

ジェニファーの侍女たちの暴言が辺りには響き渡っているにもかかわらず、ジェニファーやダミアンはそれを咎《とが》めようとしない。二人はいつものことだと言いたげに黙ってその様子を見て楽しそうに唇を歪めているだけだ。

仮にも兄妹《きょうだい》ならば庇《かば》ったりしないのだろうか。少なくとも自分ならばそうするが、ダミアンとジェニファーが動くことはない。そのまま無視していてもチェルシーへの暴言は続く。

(はぁ……？　何だコイツら。喧嘩売ってんの？)

クスクスと耳障りな笑い声に耐えきれなくなり、反論するために口を開いた。

「じゃあ聞くけど、アンタたちみたいにジェニファーも性格悪いわけ？」

「……!?」

「ジェニファーお嬢様になんてことをっ！」

「信じられないわ！」

「だってさ、こうやって目の前で聞こえるようにコソコソ悪口言う奴らの主人なんでしょ？　最悪じゃん」

吐き捨てるように言うと、ジェニファーは驚いていたがすぐに「ひどい……」と言って、瞳を潤《うる》ませて口元を押さえながら首を横に振っている。

それを見たダミアンが前に出て、あろうことかチェルシーの胸ぐらをつかんで引き上げる。強制的に立たされて、ダミアンの顔が間近に迫った。

チェルシーは動じることなくダミアンを睨み上げていた。リリナとネルは小さな悲鳴を上げ、「おやめください、ダミアン様！」「チェルシーお嬢様……っ」とチェルシーを助けようとするがダミアンに振り払われてしまう。

地面に崩れる二人の体。笑う侍女たちの声。チェルシーはそれを見て目を見開いた。

「ちょっと、女の子に暴力を振るうなんて信じられない……！」

「お前の侍女などどうでもいい。今すぐにジェニファーに謝罪しろ」

「どうでもいいわけあるか！　お前こそリリにゃんとネルっちに謝れっ！」

そのチェルシーの態度の変化にダミアンは一瞬だけたじろいたが、すぐに取り繕《つくろ》い鋭い視線を向ける。そのまま睨み合いは続いていたがダミアンが沈黙に耐えかねて唇を開く。

「今すぐに撤回しろ……！」

「………は？」

「ジェニファーに言ったことを撤回しろって言ってるんだ。今までずっと黙っていて、やっと話し出したと思ったら……やはり出来損ないだな」

脳裏にはチェルシーの願いが書かれたメモの内容が思い浮かぶ。

(チェルシーが〝ダミアンお兄様とジェニファーは無理〟ってメモに書いていた理由がわかった気がする)

それと同時に思うのだ。こんな一方的に攻撃して笑っているような奴らと仲良くする必要なんてない、と。夢では何も言い返せなかったが、今でも痛みや苛立ちが確かに胸に残っていた。

その後ろで侍女たちに庇《かば》われながら口元を歪めるジェニファーの姿を見てプチンと何かが切れる音がした。

「チェルシー、聞いているのか⁉」

「……手、離せよ」

チェルシーはダミアンを睨みつけたまま怒りを込めて低い声を出す。掴《つか》んでいる手首を上から思いきり力を込めて握り返した。力は足りなくとも爪を思いきり食い込ませているため、ダメージはあるだろう。ダミアンは眉を顰《ひそ》めて苦痛の表情を浮かべる。

「女に手をあげる奴は最低だって……習わなかったのかよ！　今すぐ離せ、クソ野郎が」

「……！」

「本当にチェルシーの兄？　ジェニファーだけ可愛がってナイト気取りかよ？　マジだっさ……」

その言葉に胸元を掴《つか》んでいる力が強まる。襟が詰まっているワンピースだからか、更にグイッと服を上に引かれて首が締まってしまう。いかにも知的な見た目をしているダミアンだが、怒りの沸点は低く手も早いようだ。

「……っ、いい加減にしろ！　調子に乗るなよっ」

「ぐっ……」

息苦しさに耐えられなくなりそうになっていると、ダミアンがもう片方の腕を振り上げたのが見えた。

「――痛ッ！」

チェルシーは身を乗り出して、胸ぐらを掴《つか》んでいるダミアンの手首を両手で固定し体重を掛ける。驚いて手を離したダミアンにガブリと噛みついた。スカートが短すぎるからと、キララを心配した母に習った痴漢撃退法がまさかこんなところで役に立つとは思わなかった。

しかしダミアンに思いきり腕を振り払われてチェルシーは体を支えられずに尻餅をつく。

「っ、この……」

再び脅しのように振り上げられた手を見てチェルシーは「また暴力振るうのかよ！　最低のクソ野郎じゃん」と叫ぶとダミアンの腕が震えながら下がっていく。

「こんな幼稚な奴がコウシャク家を継げんの？　絶対無理だわ」

「なっ……！」

フン、と鼻息を吐き出したチェルシーは、立ち上がって息を整えてからワンピースについた土を払う。噛まれた手を押さえているダミアンにアッカンベーと舌を出してヨレヨレになったワンピースの襟元を整えてから、呆然としているジェニファーとダミアンに背を向けた。

「ネルっち、リリにゃん、アイツらほっといて行こう。ほんっと最低っ」

「は、はい！」

「……待ってください！　チェルシーお嬢様」

ドシドシと地面を踏みしめながら歩いていた。頭の中は怒りでいっぱいだ。さっさと自室に帰りたいが、チェルシーの部屋の場所がわからずに振り返ってからリリナとネルに案内してもらう。

部屋に戻ってワンピースを脱いで、新しい服に着替える。首には絞められた痕がついてしまったようだ。それにしてもチェルシーのクローゼットに入っているドレスやワンピースはどれもパッとしない色ばかりだ。それもジェニファーのプレゼントだったり、一緒に選んだものだったりするというから気に入らない。

（あの女……こんな地味でチェルシーに似合わない色ばっかりプレゼントするなんて絶対にわざとだろ？）

ダミアンの前ではか弱い女を女優ばりに演じていたジェニファーの姿とあの性格の悪そうな侍女たちの姿に嫌悪感でいっぱいだった。

あまりの理不尽な扱いにベッドに倒れ込みクッションを叩きつけていると、作った花冠をサイドテーブルに置いたネルと、廊下に顔を出して様子を見ていたリリナがチェルシーの元にやってくる。

「悔しいっ、絶対に許せない！　もう一回、アイツの鼻に噛みついてやればよかった」

「チェルシーお嬢様がダミアン様とジェニファー様に、あんなことを言うなんて今でも信じられません」

「驚きです。いつもはだんまりなのに……」

驚くネルとリリナを見て、先ほどの出来事を思い出しながら顔を歪めていた。

「だってさ、いきなり服掴《つか》まれて首絞まってたんだよ！　あとアタシを殴ろうとしていたし、リリにゃんたちだって吹っ飛ばしてさ。信じられない……めっちゃ腹立つ」

「怒ってくださるのはありがたいのですが……大丈夫でしょうか」

「とても嫌な予感がします」

「嫌な予感……？」

そして次の日、ネルとリリナの嫌な予感は的中することとなる。

朝起きて紅茶と軽食が運ばれてくる。目が覚めてもやはり電車の中でも渋谷でもなかった。頬を掻《か》きながらボーっとしていたチェルシーが、リリナとネルに促されるようにして、慣れない苦い紅茶に砂糖とミルクを大量に入れながら飲んでいると……

「――チェルシー、起きてるのか⁉」

「今すぐ話があるの。いいから来なさいっ！」

ノックもせずに乱暴に扉を開けて部屋に入ってきたのは、チェルシーの両親だった。それも表情を見る限り、顔を真っ赤にしてかなり怒っているように見える。

チェルシーは紅茶を置くと「リリにゃんとネルっち下がって」と言って、リリナとネルを庇《かば》うように自分の後ろに下げた。リリナが不安そうな声を出してチェルシーに問いかける。

「チェルシーお嬢様、大丈夫ですか？」

「うん。大丈夫、大丈夫！　二人は巻き込まれないようにここにいてね」

「ですが……」

「また余計なことを言われて怒られたら嫌でしょ？　チェルシーもそう思っているような気がするし」

顔を見合わせて困惑している二人の手を握って大きく頷いてから足を進めた。

（チェルシーはこの二人が大好きなんだから、アタシも二人を守る……！）

チェルシーが両親の前に行くと、その後ろには守られるようにして立っているダミアンとジェニファーの姿があった。それを見てチェルシーの胸が針で刺されるように痛む。疎外感を感じるのは当然だろう。

（まるでチェルシーが家族全員の敵みたいじゃない……！）

グッと手のひらを握って、チェルシーは顔を上げた。目覚めたらチェルシーになっていて、元の場所に帰れないだけでなく、彼女は家族から疎《うと》まれている。

けれどこんな状況に置かれても絶対に譲れないものがある。チェルシーは腕を組んで仁王立ちしながら四人に問いかけた。

「ノックもしないで、何……？」

「昨日から好き放題やっているそうじゃないか！」

「みんなを困らせて一体、何がしたいというの⁉」

「何がしたいのって、どういう意味？」

「昨日、ダミアンとジェニファーと揉めたそうじゃないか。自分の無能さを反省するわけでもなく、二人のせいにするとはどういうことだ」

「いい加減にして。二人を巻き込むなんてありえないわ」

「は……？」

どうやら昨日の出来事は、大分捻じ曲がった解釈をされたまま両親に伝わっているようだ。

（どうしてチェルシーが悪いって決めつけるの？）

キララの時も格好が派手だから、普通と違うから、ギャルだから……そんなイメージで悪いと決めつけられていたことを思い出す。

ダミアンとジェニファーが両親の後ろに隠れて、勝ち誇ったように笑みを浮かべている。こちらも負けじと睨みつけるとチェルシーの父親の怒号が響く。

「なんだその態度は……！　お前は一体、何様のつもりだ。二人だけではなくジェニファーの侍女たちにも酷いことを言ったそうだな。そのせいで昨日はジェニファーがどれだけ落ち込んだと思う？」

その言葉に納得できずにすぐにチェルシーも声を上げた。

「それはジェニファーの侍女が、アタシとアタシの侍女の悪口を言ったから言い返したんでしょう？　言っておくけど先に喧嘩売ってきたのはそっちだから！」

チェルシーの言葉に辺りがシンと静まり返った。まさか言い返されるとは思っていなかったのだろう。

チェルシーの父と母の口が何かを言いたげにパクパクと動いている。ジェニファーは自分の思った展開にならないことが不満なのか不機嫌そうだ。

チェルシーは「マジでだっる」と言いながら深い溜息を吐いて髪を掻《か》き上げた。

(超ぶりっ子……別人じゃん。マジで性格悪っ)

ジェニファーが父親の服の裾《すそ》を引っ張りながら上目遣いをして猫撫で声を出す。

「で、でもチェルシーお姉様は、わたくしのことを最低って言ったんですよ！」

「……ジェニファー」

「侍女たちもわたくしを守ろうとしてくれただけで何も悪くないのに……悲しくなってしまって」

チェルシーの前で見せる意地悪な姿とは別人だ。弱々しく振る舞い、瞳を潤《うる》ませているジェニファーを見て舌打ちしそうになるのを押さえていた。あれだけ裏ではチェルシーを馬鹿にしていたのにもかかわらず、両親と兄の前では弱者のフリをしている。なんとなくチェルシーが除け者にされている理由を察しつつもジェニファーに問いかける。

「ねぇ、何勘違いしてんのか知らないけど、ちゃんと話聞いてた？」

「……え？」

「アンタの侍女たちがさ、アタシとアタシの侍女を馬鹿にしたからそっくりそのまま言葉を返しただけなんだけど。一緒に聞いてたよね？」

それを聞いて少し離れた場所で得意げな顔をしていたジェニファーの侍女たちの表情が曇り、視線を逸《そ》らす。

両親と兄妹《きょうだい》、侍女たちにもまったく怯《ひる》むことなく、堂々としているチェルシーを見て、ここにいる全員が戸惑いを感じているようだ。

しかし、その後に返ってきた言葉にチェルシーは耳を疑いたくなった。

「ジェニファーが嘘をつくわけないだろう？」

「……！」

「こんなにジェニファーに気にかけてもらっているのに、何故お前はいつもジェニファーと仲良くできないんだ！」

「本当ね。ダミアンとジェニファーに迷惑ばかりかけて……なのに今度は横暴な態度を取るなんて許せないわ」

満足そうに微笑むジェニファーに気づくことなく、兄、父、母と次々に彼女の肩を持ち、チェルシーの言葉をまったく信じてはくれない。ジェニファーのことをまったく疑っていないようだ。

（洗脳でもされてんの……？　ありえないんですけど。それにこんなに馬鹿にしてくる兄妹《きょうだい》と仲良くしろって無理でしょ）

チェルシーから言わせてもらえば、ダミアンとジェニファーはチェルシーと仲良くするつもりなど微塵もない。しかも同じように怯えていたってジェニファーは〝可愛い〟でチェルシーは〝出来損ない〟だ。長年積み重ねてきたことが大きいのだろうが、それにしてもこの大きな差には違和感を覚えてしまう。

「それにチェルシーお姉様はダミアンお兄様に突然、噛み付いたんです！　わたくし、とても怖かったわ」

「何……!?」

「父上、母上……これを見てください！」

ダミアンの意気揚々とした顔を見てげんなりしていた。ダミアンは袖を捲《まく》って二人の前に手を掲げる。当然ではあるが、そこには昨日、チェルシーが身を守るために思いきり噛み付いた痕がくっきりと残っていた。

チェルシーの母はそれを見て小さな悲鳴を上げた。チェルシーの父の表情には怒りが滲《にじ》む。しかし気になるのはチェルシーにされたことだけを報告して被害者面していることである。

(もしかしてこのままアタシが何も言わないとでも思ってんの?)

二人がチェルシーを貶める手口がなんとなくわかった気がした。

「隠れてダミアンにこのようなことをしていたとは!」

「まぁ……なんて野蛮なことを」

「ふんっ」

ダミアンのざまぁみろと言いたげな余裕の表情が鼻につく。いつもならば、チェルシーは絶対に言い返したりはしないのだろう。俯《うつむ》いて「ごめんなさい」と謝って、相手の気が済むのを待っている姿が、見たこともないはずなのに想像できた。

だけど今は違う。何故チェルシーだけがここまで責められなければならないのか、言葉にならない怒りが爆発寸前である。そちらがそのつもりならばとチェルシーは地味で露出が少ないワンピースの首元に手をかけてリボンを外す。

昨日、ダミアンに胸元を鷲掴《づか》みにされて体を引かれた際に襟元が食い込み、くっきりと肌に残った赤い線を見せる。それを見せるとダミアンはわずかに目を見張りピクリと肩を揺らす。

「なんだ、いきなり。その首の痕はなんだ……?」

「昨日、ソイツに乱暴に胸ぐらを掴《つか》まれたの。だから抵抗して嚙みついた。アタシを殴ろうとしたからでしょう?」

「……ッ!」

「首が絞まったから超痛かった。昨日着てたワンピース、胸元が伸びてるし、証拠に持ってこようか？」

その言葉に父と母の視線がダミアンに向かう。ダミアンの瞳は大きく揺れ動いている。

「まさか。ダミアンがそんな乱暴なことをするはずないわ！　嘘でしょう？」

「ダミアン、チェルシーの言っていることは事実なのか？」

「………………ッ！」

「息ができなくて苦しかったから抵抗して噛み付いたの。なんだっけ。セイトウボウエイ的な？」

黙り込んでしまったダミアンを庇《かば》うように、ジェニファーが前に出る。

「ですが、ダミアンお兄様はわたくしを助けてくださったのですわ……！」

「……ジェニファー」

「チェルシーお姉様が、わたくしと侍女たちを馬鹿にしたんだもの。お兄様が怒るのも無理はないわ」

「そ、そうだ！　ジェニファーの言う通りです」

涙を浮かべながら、胸元で手を組んでいるジェニファーの言葉にダミアンは「ありがとう」と言って感謝しているようだ。

（アタシがおかしいの……？）

ここまで言っても言葉が通じないモヤモヤとした感覚に地団駄を踏みたくなった。そしてあろうことか両親は「そういう理由だったのか」と納得しているではないか。

（これだけ言ってもチェルシーの言葉を信じようとしないとか……マジ？）

あまりにも理不尽な扱いに開いた口が塞がらない。顔を隠して僅かに肩を揺らしているジェニファーの女優並みの演技に寒気が止まらなかった。

（うわぁ……何コイツ、悲劇のヒロイン気取り？）

ジェニファーのように裏表が激しい女とは何度か対峙した経験があるが、こうやって賢く立ち回るタイプは、意外にも二人きりの時に真正面から突っ込まれると弱い。今は味方がたくさんいてチェルシーが不利であるため、場を改めるのが得策だろう。

けれどこのままジェニファーの思惑通りに進むのは気に食わない。チェルシーはジェニファーに向かって問いかけた。

「アンタさぁ、何勘違いしてんのか知らないけど、なんでそんなにチェルシーを悪者にしたいわけ？」

「え……？」

「自分が一番可愛がられたくて、チェルシーが邪魔なんでしょ。だから嘘までついてチェルシーを孤立させてんの？」

「そ、そんなことないわ」

「じゃあどうして嘘ばかりつくの？　チェルシーに意地悪するのはなんで？」

「わ、わたくし……嘘なんて」

「ジェニファー？」

「わたくしがお父様たちに嘘をつくわけないわ……！　チェルシーお姉様ったら、いきなり変なこと言わないでよっ」

ジェニファーが言葉を詰まらせたが、一瞬だけですぐに立て直した。ピクリと口端が動いているが、今のこの状況ではジェニファーやダミアンに丸め込まれて終わりだろう。

ここが引き時か。溜め息をついて言葉を発する。

「早く部屋から出てってくれない？　気分悪いんだけど」

激昂した父親に肩を掴《つか》まれそうになり、体を捩ってから手を振り払った。「触んないで」と言って睨み上げる。

よろりと体が傾いた父親を見たジェニファーが、支えるように手を伸ばす。

「お父様……！　大丈夫ですか？」

「ツ、どうしていつも問題ばかり起こすんだっ！　何故ジェニファーのようにできない？」

ジェニファーのように、ダミアンのようになんてありえない。チェルシーからしてみたら、こんな奴らの真似なんて絶対にしたくないと思った。

「じゃあ聞くけどさ、チェルシーとジェニファーの何がそんなに違うの？　チェルシーは本当に出来損ないなの？」

「……なん、だと」

「全員で責め立てて満足？　そんなに責められるほどチェルシーが悪いことした？」

四人に問いかけるが誰も何も答えない。ジェニファーが不満そうに唇を尖らせているだけだ。

黙ってしまうのは、やましいことがある証拠ではないだろうか。それにこうしてチェルシーに当たり散らして、ストレスの捌け口にしているような気がした。

「チェルシーをこんな風に追い詰めてどうしたいの？　頭ごなしに叱りつけて気分よくなった？」

ギリギリと歯が擦《こす》れる音がどこかから聞こえた。なんとも言えない沈黙した空気に、チェルシーは深い溜息を吐いて扉を開く。

「早く出てって。邪魔」

「突然、どういうつもりだっ！」

「何が？」

「その汚い口調とふざけた態度を今すぐ直せっ！」

唾を吐き散らしながら叫ぶチェルシーの父を無視すれば、今度はチェルシーの母が金切り声を上げる。

「一ヶ月後にある王家主催のお茶会までに、その性格をどうにかしなさいと前々から言っていたでしょう」

(ふーん。だからチェルシーはあんなに勉強していたのね)

そのまま怒鳴っている二人の話を聞く限り、チェルシーはパーティーに出ても失敗ばかりで、問題を起こしては両親を困らせているそうだ。だが、両親の話と断片的な記憶をすり合わせる限り、せいぜい人脈を広げることができなかった程度で、言うほど大きな問題を起こしたことはない。ジェニファーの口添えでそう聞こえるだけではないだろうか。

「これ以上、侯爵家に迷惑をかけるようなら容赦しないぞ……！」

「一度でも褒められるようなことをしてみなさい！」

「ジェニファーやダミアンの付き添いなしでは何もできないなんてみっともない」

そう言われたのだが、チェルシーが失敗続きなのはジェニファーとダミアンのせいではないだろうかと思わずにはいられなかった。

（チェルシーはチェルシーのペースがあるし、それにこんな風に嫌がらせされて誰にも信じてもらえなかったら……悲しいよね）

それが原因でチェルシーが自信を失っているのだとしたら、なんともいえない気持ちになった。

「なら、今度のお茶会の時にちゃんとしてれば文句ないってこと？」

「……は？」

「そしたら〝チェルシー〟のことを信じてくれるの？」

「ああ、もちろんだ。それができるならな！」

「ふーん、わかった。じゃあ、話は終わりね」

「待ちなさい……！」

母の引き止める声を無視して、部屋から四人を追い出してから無理矢理扉を閉めた。ネルとリリナが心配そうにチェルシーを見つめている。

「チェルシーお嬢様、大丈夫でしたか？」

「はぁ……ほんと疲れた。アイツらマジでむかつく」

チェルシーはベッドの上にパタリと倒れ込んだ。しかし先ほどの会話はしっかり覚えている。

（つまり次のお茶会でちゃんとすれば、文句ないってことでしょう？）

渋谷に行く、元の身体に戻る、という目的を一旦脇に置き、チェルシーとして何をすればあのムカつく奴らを見返してやれるのかを考えていた。

「ネルっちとリリにゃんはさ……お茶会のマナー知ってる？」

「マナーですか？」

「お茶会までにちゃんとしろって言われたからさ〜」

「チェルシーお嬢様はしっかりなさってました。あとは人前で緊張してしまうのを直せば何も問題ないと思います。ジェニファーお嬢様よりもずっとずっとうまくできます！」

「一カ月後のお茶会に行く時までに完璧にしたいの。アイツら、チェルシーができないって決めつけてるからムカつく」

チェルシーはクッションをバタバタと叩きつけながら苛立ちをぶつけていた。

『お前にはできない』

『ダミアンとジェニファーに迷惑を掛けるな』

『その性格をどうにかしなさい！』

こんなことばかり言われて腹が立って仕方ない。

ダミアンとジェニファーにバレないようにチェルシーが完璧に振る舞って、評判を上げればこうして文句を言われることもないだろう。

（……絶対に絶対に絶対に見返してやる！）

ネルとリリナの話によれば、チェルシーのマナーは基本的には心配するようなことはないそうだ。問題は人前に出た時に緊張して話せなくなってしまうこと。失敗したらどうしよう……そんなプレッシャーと怒られるかもしれないという重圧はチェルシーをいつも苦しめていた。

それは家族の前でも当てはまるようで、自分の意見を話したり目を見て挨拶をしたり、うまく受け答えができないことが問題視されているのだが、元々チェルシーは明るくてよく笑う優しい子だったようだ。チェルシーの自信は成長と共に潰されていき、すっかり萎縮《いしゅく》してしまったのだろう。

大人しいチェルシーが反撃したことにより、少しは距離を置いてくれるだろうが、顔を合わせる度に説教されるのはごめんである。特にあんなこと言われた後だ。黙ってはいられない。

（とりあえずはアイツら黙らせる……話はそれからだ）

チェルシーは着替えてから勢いのまま部屋を飛び出した。まずはマナー講師を呼ぼうと、こっそり執事に頼むが「旦那様か奥様の許可がないことには……」と言われてしまう。

そんな時にリリナの母親繋がりで、腕は確かだが厳しいマナー講師、メイヴ公爵夫人を紹介できると言われた。しかし数日も経たないうちに辞めてしまうことがほとんどだそうだ。

「どうされますか？　チェルシーお嬢様」

「それでもやるっ！　アイツらを見返すためだったら、どんなことだって耐えてみせるから！」

リリナに頼んですぐに連絡を取ってもらい、時間がないからと手紙を書くと意外にもすぐに返信が届いた。両親には頼めずに、どうにかチェルシーの貯めたお金を使ってでもマナーを上達したいという心意気を買ってくれたらしい。

（人の貯金をつかうのは申し訳ないけど、今はアタシがチェルシーのためにがんばるからっ！　ごめんね……必ずちゃんと返す）

手紙で連絡を取り合うだけで長くかかってしまい、焦る気持ちだけが大きくなっていく。せめて一人でもできることはないかと、その間は本を読んで勉強した。苦手なはずの勉強も元のチェルシーの知識があるからか、意外とすんなりと読むことができたことだけが不幸中の幸いだった。

そして一週間後、きっちりと約束の時間に裏口に馬車が止まる。こっそりと、いかにも教師然とした女性が降り立った。リリナと一緒に迎えて挨拶をしてから部屋に通す。あまりの迫力にゴクリと唾を飲み込んだ。ゴゴゴッという音さえしそうな凄まじい圧に、チェルシーは思わず頭を下げた。

「よっ……よろしく、お願いしますっ！」

「………………」

「あのー……」

「姿勢が悪い」

「へっ……？」

「笑顔がぎこちない。変な声を出さない。声が低い」

「……え？」

「やり直し」

「あっ、はい」

「〝はい〟はハッキリと」

「はいっ！」

「よろしい。……家族を見返す。その心意気を買って特別に対応いたします。わたくしの期待に応えてみなさい」

——そこから、今まで経験したことのない地獄の日々が始まったのだった。

二章

スパルタ過ぎるメイヴ公爵夫人に死ぬほどしごかれ、二週間程が経過した。その間の記憶は……ない。必死に食らいついているチェルシーに応えるようにメイヴ公爵夫人はほぼ毎日、ルーナンド侯爵邸に通ってくれた。

メイヴ公爵夫人の厳しい訓練の中には必ず優しさが見え隠れする。そうでなければとっくに投げ出していただろう。

毎日自分の指導に来て大丈夫なのかと問いかけると「今は自分のことに集中なさい」と跳ね除けられてしまう。その前後で公爵家とはチェルシーのいる侯爵家より格上と知って「同じコウシャクって名前なのに何が違うの？」と問いかけるとメイヴ公爵夫人にすごい目で睨まれたことは記憶に新しい。

初日から数日、ずっと怒られてダメ出しされて途中で何もかも投げ捨てて辞めたくなったことも当然ある。しかし、心が折れかける寸前に「あなたの覚悟もその程度ね」と言われてチェルシーの心に火がついた。

（絶対に最後までやりきってやる……！）

メイヴ公爵夫人に認められるように寝る間も惜しんで頑張っていると、彼女に合格をもらうことも増え、それと同時に怒られる回数も減っていった。

「よろしい」

「え……？」

「まだまだ荒いけれど歩き方は合格よ」

その一言に感動してガッツポーズをすると、すぐに「はしたない」と言われてチェルシーの背筋が伸びる。メイヴ公爵夫人に「基礎はできているのだから、問題は堂々とした立ち振る舞いね」と言われて、チェルシーの努力を垣間見た気がした。

その分、勝手に体が動いて驚いたり、会場を想像すると体が動かなくなったりと、思い通りにならないもどかしさを抱えていたが、それも近頃は慣れ始めてきた。

そして、お茶会まであと数日と迫っていたある日。チェルシーのすごさをわかって欲しい、兄妹《きょうだい》を見返して両親に認めてほしい、そんな思いからプルプルと震える足で今日も厳しいレッスンに耐えていると……

「いいでしょう」

「え……？」

「とりあえずは見れるようになったわ」

「はいっ！」

「あとは本番で、どれだけ活《い》かせるかはあなた次第よ。満足のいく結果になるように努力なさい」

「ありがとうございます。メイヴ公爵夫人」

チェルシーはメイヴ公爵夫人に習った通りに頭を下げる。

(指先はキチンと伸ばして斜め四十五度を意識して、頭を上げた後は口角を上げる)

顔を上げるとメイヴ公爵夫人の真剣な顔があったので、ドキドキしながら見つめていた。

「……よろしい」

その言葉をきっかけにチェルシーの体から力が抜ける。笑みは消えて重たい溜息と共に棚にもたれかかった。夫人の「よろしい」で素の状態に戻すことを許可されているのだ。

「だぁあぁ、疲れたぁ～！　リリにゃん、甘い物ちょうだい」

「お疲れ様です。チェルシーお嬢様」

「ネルっち、見て見て！　足がプルプル震えてるんだけど。うける」

「ふふっ、そうですね。紅茶もありますよ」

「メイヴ公爵夫人もこちらにどうぞ」

「ありがとう、いただくわ」

メイヴ公爵夫人の後に続いてチェルシーも椅子に座る。ネルが砂糖とミルクがたっぷり入った紅茶とクッキーを出してくれた。

お礼を言ってクッキーを頬張りながら、その美味しさに体を揺らす。

レッスンの時は鬼のように厳しくて恐ろしいメイヴ公爵夫人だが、休憩中は大抵のことは許してくれるし世間話にも付き合ってくれる。そして一つ一つの仕草が優雅で、動きに無駄がない。

(どんな時も体の芯がぶれない……本当にすごすぎ)

じっと見ているのがバレたのか、メイヴ公爵夫人は鋭い目つきでチェルシーを睨みつける。しかし短期間ではあるが一緒にいるうちに、夫人が本気で怒っているのか照れ隠しに睨んでいるのか、違いがわかるようになっていった。今回は後者だ。

「本番は気を抜いてはなりませんよ」

「はぁい、任せて」

「まったく……」

メイヴ公爵夫人はもう一度、溜息を吐き出してから小さく首を横に振る。

厳しい指導に死ぬ気で食らいついたのは、「あなたの気持ちはこの程度なのよ」と言われて悔しかったのもあるが、約三週間のレッスンで、お茶会で必要な知識をすべて体に叩き込まなければ皆を見返せないと思ったからだ。

チェルシーが元から覚えているマナーの作法もあるようだが、結果からいってしまうと、体にしみついているもの以外は、すべて覚え直す必要があった。チェルシーの今までの経験もうまく生かすことができなかった。

しかしメイヴ公爵夫人に「筋は悪くないわ」「あなたは体に叩き込んでいくタイプかしら」と言われて、朝から晩まで分厚いマナー本で鍛えられながらも、体に叩き込んだのだった。

（……人生の中で一番がんばった気がする）

そう言っても過言ではないほどに勉強にも取り組んでいた。マナーの勉強はチェルシーの知識があってすぐに理解できたこともあり、なんだ簡単そうじゃんと甘く見ていたが、とんでもない。

（めちゃくちゃ難しかった……！　キゾクって本当に大変で無理って感じだったけど、アタシってやればできるじゃん！）

その努力の甲斐あって、お茶会に出ても恥ずかしくないマナーを身につけることができた。しかしメイヴ公爵夫人からしてみればまだまだのようだ。

メイヴ公爵夫人がチラリと時計を確認しているのを見て、チェルシーはそばにいたネルに声を掛ける。

「そうだ、ネルっち！　アレ、用意してくれた？」

「はい、只今持って参りますね」

「ありがとう～！　マジで助かる」

「その訛った口調は、一体どこで身につけたのかしら」

「自然にこうなっちゃうんだよね！　アハハハ」

キララとしての口調は、この世界では方言になるらしい。後ろでリリナも笑っている。

メイヴ公爵夫人の地獄の特訓を受けている中、リリナとネルも刺激を受けたのか、なんとメイヴ公爵夫人に頼み込んで公爵家の侍女長を呼んでもらい鍛えてもらったそうだ。侍女長はメイヴ公爵夫人並みに恐ろしい人だったらしく、二人もチェルシーと共にがんばって侍女としてレベルアップしてくれた。ジェニファーの侍女たちに対抗するためだそうだ。

たった数週間、けれど何倍にも成長できた濃厚な時間になった。

こんなに辛い思いをするくらいなら投げ出してもいいんじゃないか、何でアタシががんばらないといけないのだろうと、辛すぎて何度も何度も挫けそうになったが、ひたすら前を向いてがむしゃらに食らいついた。

チェルシーとして暮らしていく中で『コイツを絶対に見返してやる』という出来事がたくさん起きたのも大きかっただろう。

なんとか三週間、走り抜けることができてホッとしていた。

「あなたと話していると気が抜けるわ」

「先生から学んだことはお茶会で活《い》かすよ！　絶対にアタシが一番だよ。だってこんなにがんばったんだもん」

「……ふふ。そうだといいわね」

「任せといて！」

「まぁ、根性だけはあるものね」

綺麗に紅茶を飲んでいるメイヴ公爵夫人を真似ながら、カップを持ち上げた。

『見て盗みなさい』

メイヴ公爵夫人に言われた言葉通り、見て盗み実践しつつ体に覚えさせていったのである。

するとネルが背後から小さな瓶を持ってくる。それからリリナが持ってきたのは庭師に分けてもらった薔薇の花だった。

「先生にはさ、毎日邸に来てもらったし、こんなに教えてもらって本当に本当にごめんなさいって感じなんだけど……今はこれしか渡せるものがなくて」

「…………」

「両親には内緒にしたかったから、少ししか渡せなくて本当にごめんなさいっ！」

そう言ってチェルシーはメイヴ公爵夫人に瓶に入ったお金と薔薇の花を渡す。朝から晩まで指導してもらっておいて、これだけしか返せないことに罪悪感を覚えていた。すると横からネルとリリナが袋を取り出して机に置く。聞き覚えのあるお金の音にまさかと思ったチェルシーは二人を見上げた。

メイヴ公爵夫人は静かに問いかける。

「コレは何かしら」

「とても足りないのはわかっています。ですが私たちもチェルシーお嬢様のために力になりたいのです」

「……ネルっち？」

「メイヴ公爵夫人、私たちのことも面倒を見てくださり、本当にありがとうございました。おかげで大きく成長できました」

「リリにゃん……」

「チェルシーお嬢様への今までのお詫びも含まれています。それにメイヴ公爵夫人には私たち、心から感謝しているんです」

「そ、そんなの……でもっ、本当はアタシが……！」

「いいのです。がんばるチェルシーお嬢様の姿を見て心打たれました」

「これからもおそばにいさせてください」

「私たちがずっとチェルシーお嬢様を支えますから」

ネルとリリナの言葉に鼻の奥がツンと痛くなる。チェルシーの視界がどんどんと歪んで見えにくくなっていく。

「うわあああんっ！　二人ともぉ、ありがどぉぉおっ……！」

「チェルシーお嬢様、泣かないでください」

「こちらこそありがとうございます……！」

この二人と過ごした時間は、まだほんの少しかもしれない。

けれど愛情深く接してくれるネルとリリナのことはすぐに好きになった。今までのチェルシーの気持ちが合わさってか、涙がポロポロと溢《あふ》れてくる。

「ゔあぁぁ……っ、ふたりとも、だいずぎぃ！　大好きだよぉ」

「お、落ち着いてください！」

「チェルシーお嬢様、メイヴ公爵夫人の前ですよ？」

ドバドバと溢《あふ》れる涙と、流れる鼻水をリリナが苦笑いしながら布で拭ってくれた。鼻を啜りながら二人に抱きついて感謝していると今まで黙っていたメイヴ公爵夫人が静かに口を開く。

「これは受け取れないわ」

それを聞いた途端、チェルシーの涙は嘘みたいに引っ込んでしまった。サッと熱が冷めていく。

ネルとリリナも申し訳なさそうに顔を伏せる。

メイヴ公爵夫人は顔色一つ変えずにこちらを見ている。やはりこれだけではチェルシーたちに尽くしてもらった対価には、まったく足りてないということだろう。

（でも手元にあって、あげられるものはこれくらいしかないし……）

ジェニファーと違い、チェルシーは煌《きら》びやかな宝石もドレスも持っていない。シンプルな部屋の中には何もない。だが、ここはチェルシーがしっかりしなければと立ち上がって深く頭を下げた。

「足りないことはわかってます！　でも……っ、今は払えないので、出世払いでお願いしますッ！」

リリナとネルもチェルシーと一緒に頭を下げる。チェルシーは二人の行動に喜んでいたが、それと同時にメイヴ公爵夫人に申し訳ない気持ちがあった。

こんなにも一生懸命にチェルシーのために動いてくれたのに十分にお礼も返せていない。それに軽い気持ちで頼んでしまったが、本来は両親を経由してメイヴ公爵夫人に正式に依頼しなければならないことはわかっていたからだ。瞼をギュッと瞑っていると、溜息が聞こえてチェルシーは肩を揺らす。

「誤解させてしまったかしら。三人とも顔を上げなさい」

そう言われてチェルシーは恐る恐る顔を上げた。いつものように厳しい表情をしているかと思いきや、メイヴ公爵夫人は怒っているわけではないようだ。それにはチェルシーもネルもリリナも内心、驚きながらメイヴ公爵夫人に視線を向ける。

「あなたたちにはとてもいい刺激をもらったわ……久しぶりだもの。こんな根性があって教え甲斐がある子は」

「へ………？」

「わたくしはとても嬉しかったの。もしこれでうまくいかなかったら、わたくしは教えるのが向いていないと思っていたわ」

「それって……？」

「実はね、これきりで講師を受けるのを辞めようと思っていたの」

メイヴ公爵夫人はとても寂しそうな悲しそうな表情をしていた。そのまま彼女は、ポツリポツリと自分の考えを話してくれた。

今まで令嬢たちによくなって欲しいと全力でその子のためにしてきたつもりだった。しかし熱意はあれど厳しい指導についてこれる令嬢は少ない。

メイヴ公爵夫人の指導は厳しいばかりで嫌がる令嬢も多いという噂が広まって、次第に依頼は減っていく。その間も指導についてこられた令嬢たちはどんどんと技術を吸収して社交界に羽ばたいていったが、嫌がる令嬢には無理強いはできない。自分は指導に向いていないと思い、令嬢たちに教育する役割を担うのはもう辞めようと思っていたのだそうだ。

「成長したい。そんな情熱に答えたかった。けれどわたくしの指導に耐えられる令嬢はとても少ないの」

「……メイヴ公爵夫人」

「わたくしは近道を知っているけど、それには辛く苦しいことが多いわ。もちろん目を背《そむ》けて違う道にいく選択もある。時間が許すならゆっくり学んだっていい。大抵の子は楽な道を選ぶでしょう。でもね……わたくしは積み上げたものが必ず力になることを知っている」

「………」

「もどかしいわね」

確かにこれだけ厳しい現実に直面すれば、すぐに心が折れて諦めてしまうだろう。実際、チェルシーも諦めかけた。しかし、短期間でここまでできるようになったことも事実だ。今回のことは確実にチェルシーの自信に繋がっている。

違うやり方でももちろんマナーは身につくだろうが、メイヴ公爵夫人から教えてもらったことを完全に自分のものにできたら、最強の武器になることはわかっていた。

それにチェルシーの両親は努力に目を向けることなく、少しの失敗も許さずに出来損ないと拒絶する。だがメイヴ公爵夫人は、言葉こそ厳しいが何度も何度も失敗続きで落ち込むチェルシーを最後まで〝必ずできる〟と信じて寛容に受け入れてくれていた。

「そんなことない……！　先生はすごいよ！　だって、アタシはこんなに成長できたんだし」

「気を遣わなくたっていいのよ。元々、わかっていたことだから。今時、あなたのような令嬢が珍しかっただけよ」

諦めたように笑うメイヴ公爵夫人に掛ける言葉は見つからなかった。

ただ、メイヴ公爵夫人が悪いのではなく、合うか合わないかがあるだけだと思う。

キララとしてかつて通っていた学校でも色んな先生がいた。派手な見た目ですべてを判断して、悪い、ダメだと批判して怒ってくる先生、見て見ぬフリを続けて存在を無視する先生。個性だと受け入れてまっすぐに向き合ってくれた先生もいた。厳しいところもあったけれど、友達のように仲良くしてくれた先生もいる。

そんな先生たちのおかげで学校にもなんとか居場所があったし、勉強が大切だと気づくキッカケもくれた。色々な考え方があることも、相容れない人がいて考え方が合う人も合わない人もいることも学校で知った。

それに今回、苦しいことを乗り越えたほうが自分の力になることを学べたのだ。

(アタシはアタシだし、好きなことは絶対に譲れないもん……！　なら、やりたいことをやるための時間がないとき、最短で叩き込んでくれる先生は、絶対必要！)

チェルシーは顔を上げて訴えかけるように言った。

「先生には先生のよさがあるじゃん！　アタシは知ってるから」

「……!?」

「確かに厳しくて途中で投げ出したくなる時もあった。でもね、アタシは先生のよくなって欲しいって気持ち伝わったよ！」

「あなた……」

「それに何度もアタシが失敗したって諦めないで信じてくれたじゃん！」

チェルシーの言葉にメイヴ公爵夫人の瞳がわずかに揺れた気がした。

「合う合わないがあるかもしれないけどさ、アタシは先生に教わって、ちゃんとマナーが身についたって思ってる。だからそんな風に、好きなことを諦めてほしくない！」

「……ッ！」

チェルシーは知っていた。一歩前に進んで、何かができるようになった時、本当にわかりづらいが自分のことのようにメイヴ公爵夫人が喜んでいたことを。

チェルシーはテーブルを叩いてから勢いよく立ち上がる。

「──今回のお茶会で、先生がすごいってこと、アタシが証明してあげるよ！」

「……！」

「えへへ……調子乗りすぎたかな」

俯《うつむ》いている夫人の表情は窺《うかが》い知ることはできない。長い沈黙に居た堪れなくなり、助けを求めるようにネルとリリナに視線を送る。

「……た、っ……」

「え……？」

メイヴ公爵夫人が何かを言っているような気がして、チェルシーは聞き返すように耳を傾ける。するとと小さく咳払いをした夫人がポツリと呟いた。

「……楽しみにしているわ、と言ったのよ」

珍しく微笑んでいるメイヴ公爵夫人の表情を見て、チェルシーは目を見開いた。

「先生、いっつも無表情だけど笑った方がめちゃくちゃ可愛いじゃん！」

「ゴホンッ！」

咳払いをしていつもの厳しい表情に戻ったメイヴ公爵夫人にチェルシーは改めてお金を渡す。夫人はそれらを一度受け取った後にテーブルに戻すと、代わりに薔薇を手に取った。

「今回は、この薔薇をいただいていくわ」

「で、でもお金は……！」

メイヴ公爵夫人は首を横に振る。

「いいのよ。その代わり、お茶会でわたくしが正しかったと証明してくれるのでしょう？」

「はい！　ありがとうございます」

「いい返事ね」

メイヴ公爵夫人の心遣いに感謝しつつも、お茶会についての注意事項をもう一度聞き、チェルシーは気合を入れたのだった。

——お茶会当日の朝がやってきた。

気合いをいれて早起きしたチェルシーだったが、馬車が出るまでの時間まではまだ余裕がある。昨日、ジェニファーに待ち合わせの時間を聞いたのだが「鈍臭《どんくさ》いお姉様のことですから、間違えないでくださいね」と言われて苛立ったチェルシーは、リリナとネルにも時間を伝えて余裕を持って準備を開始した。

しかし、ネルとリリナに身支度を手伝ってもらいながらチェルシーは悲鳴を上げていた。

「ギャアアアアッ！　くるぢぃッ！　ぐ、苦しいよぉ」

「チェルシーお嬢様、息を吐いてください」

「暴れたらコルセットが締められませんよ」

「む、むりぃ……！」

初めてつけるドレス用のコルセットの窮屈さにチェルシーは涙目で身を捩っていた。

「こんなにキツくしなくていいじゃん！　内臓が飛び出るからっ」

「ドレスを着るためには必要ですから」

「ああぁぁ……っ！」

グッタリしながらもコルセットを着け終えてチェルシーはホッとしていた。ヘアメイクを綺麗にしてもらいながらも内臓が飛び出しそうになり唸る。昨日から入れた気合いもヘロヘロと抜けていった。そしてもうすぐ仕上げというところで、チェルシーは声を上げる。

「ねぇ、もっと化粧を濃くしようよ！　つけまは⁉　チークは？」

「お嬢様はそのままでもお美しいですから！」

「リップは濃いものにしますから今回は私たちに任せてください」

「えー……物足りないんですけど」

チェルシーが頬を膨らませているのも気にせずに二人は真剣な顔で準備を進めていく。お茶会に相応しいヘアメイクの知識まで勉強する余裕がなかったこともあり、ネルとリリナにお任せにしたのだが、メイクがいつもより薄くて気合いが入らない。

「メイクとドレスは戦闘服みたいなもんって先生が言ってたじゃん！」

「今回は素材を生かすようなメイクの方が似合いますから！」

「私たちだってスキルアップしたんです。チェルシーお嬢様を会場で一番、輝かせてみせますから！」

「むー……わかった」

リリナとネルはニッコリと笑ってチェルシーを両脇で挟むようにして耳元で囁いた。

「それに清楚な見た目と元気いっぱいなチェルシーお嬢様のギャップに令息たちはメロメロですよ」

「そうですよ。今までお嬢様に見向きもしなかった同年代の令息たちの注目の的です」

「レイソク……？　レイソクって何だっけ」

「貴族のご子息を令息と呼ぶのですよ……！　本日はチェルシーお嬢様と同い年のセオドア殿下も参加なさいますからね」

「ああ、そっか！　デンカって、王子様だよね？」

「ええ、セオドア殿下は第二王子です。令嬢たちに大人気の王太子、バレンティノ殿下も参加されるそうです。今日は熾烈な争いになりますよ」

「そんなモテモテな王子が本当にいるなんてすご〜」

「バレンティノ殿下はそれはもう麗しい美男子だと聞きましたわ！」

「セオドア殿下は引っ込み思案ですが、女の子のように可愛らしい方だと聞きました」

「あ、わかった！　つまりバレンティノ殿下はイケメンってこと？」

「いけ、めん……？」

「そのバレンティノ殿下って人、かっこいいんでしょ？」

「はい、それはもう！」

「マジかぁ！　最近、彼氏と別れたばっかりだし狙っちゃおうかな」

「カレシ、とは？」

「カレシって言ったら、恋人のことだよ！」

ここでネルとリリナは目を合わせて密かに頷いて意思を確かめ合う。二人の中ではチェルシーは、熱で記憶が曖昧になり、何かしらの恋愛小説の主人公と自分を混同している、という認識になっていた。異性とろくに交流してこなかったチェルシーに恋人がいた、と主張されても今更動じない。恋人を作りたい、と思ってくれることが重要なのだ。

チェルシーは侯爵令嬢だ。王子たちと親しくしても、余程無作法でなければ問題ない。もしもチェルシーがどちらかの王子とお近付きになるのなら、今後の彼女のためになるし、間違いなくジェニファーやその侍女たちに一泡吹かせることができる。

今までチェルシーは令息に興味がないどころか、自分に自信がないままだった。一歩踏み出したら令息たちが放っておかないだろうに。二人はこの点でも常にもどかしい思いを抱えていたのだ。

しかし今回、チェルシーは大きく前に進んだ。このお茶会では何かが起こると確信していた二人はチェルシーの背中を押すために口を開く。

「カレシ、いいと思います……！」

「狙ってみてはいかがでしょうか？」

「そう？　じゃあアタシ、がんばっちゃおっかなぁ！」

「私たちも、がんばりますわ！」

「チェルシーお嬢様の魅力を最大限に引き出してみせますから！」

「う、うん……よろしく」

ネルとリリナの素晴らしい手捌きに圧倒されながらもやっと準備が終わったようだ。窮屈さにも慣れてきたところでチェルシーは立ち上がり、全身を鏡で確認する。そこに映っていたのは別人のようなチェルシーの姿だった。

オレンジ色の髪は艶々としていて、崩れないように固めてもらった前髪はお気に入りである。いつもはキッチリと纏めていた髪も、今日は垂らして緩く巻いていた。化粧が薄いのが気になるところだが、リップは希望の色を塗ってもらい満足である。

今日は今までのチェルシーなら絶対選ばないであろう明るい薄ピンク色のドレスを着ていた。祖母にプレゼントしてもらったらしいドレスはシンプルではあるがチェルシーによく似合う。ジェニファーに「お姉様には派手すぎて似合わないんじゃない？」と言われて、クローゼットの奥に仕舞っていたものを引っ張り出してきたのだ。

（またあの女がチェルシーの邪魔してるんですけど……）

そんな記憶が蘇ったことでチェルシーは思わず舌打ちをする。

更に二週間ほど前、「ドレスが地味～」と不満をもらしたチェルシーに対して、リリナとネルが「お嬢様が少しでも楽しく過ごせるように」と、ビーズやリボンを手縫いで飾りつけてくれたのだ。チェルシーは感動してこのドレスが大好きになった。このドレスはどんなドレスよりも素晴らしいと思っている。

ヘアアクセサリーも理想のものがなかったので髪には生花を飾っていた。リリナとネルと花冠を作った日から、庭師のトムとは仲良しである。

そこまで派手ではないが内側から滲《にじ》み出る輝きならば負けはしない。

「最高傑作ですわ……！」

「お嬢様の可愛さを最大限に引き出せました！」

リリナとネルは手を合わせて嬉しそうに頷いている。

慣れないドレスの感覚に戸惑う気持ちはあれど、お嬢様らしい格好と、初めて着るドレスにチェルシーのテンションも爆上がりである。

（今からアタシは〝貴族のお嬢様〟なの。先生のためにも絶対に頑張るんだから……！）

パチリと自分の中のスイッチを入れる。メイヴ公爵夫人仕込みの素晴らしいマナーを見せてやろうじゃないかと気合い十分で邸の廊下を歩いていく。

背筋をピンと伸ばして歩いていくと、いつもはチェルシーの影が薄すぎて気づかない侍女や侍従たちがあんぐりと口を開けながら道を開ける。

(ふふんっ、アタシの本気を見て腰抜かすなよ?)

玄関にはもう両親とジェニファーとダミアンがいた。歩いていくと不機嫌そうにチェルシーを待っている。

「チェルシー、遅いじゃないか……! 何をしているんだ」

「え……?」

「最近、何か隠れてコソコソとしていたようだけど何を考えているのかしら」

「二人は時間通りに準備を終えたというのに。あれだけ大口を叩いておいて、そんなことすら守れないとは。がっかりだ……!」

「どうしてこの子だけこんなに出来が悪いのかしら。あれだけダミアンとジェニファーに迷惑を掛けないようにと言っているのにっ!」

ダミアンは「またか」と溜息を吐き出している。何故、いきなり両親に責められているのか意味がわからずにチェルシーは戸惑っていた。

(ちょっと、どういうこと……? ジェニファーに言われた時間よりも少し早く来たし、ネルっちもリリにゃんも遅れないようにしてくれたのに)

あまりの言われっぷりに「どういうこと？」と問いかけると、どうやら待ち合わせの時間は十五分も前だったことがわかった。

つまりチェルシーはジェニファーに間違えた時間を伝えられたことになる。いつものチェルシーなら黙って謝るのだが今は到底そんな気分にはなれなかった。

チェルシーがジェニファーに視線を送ると、口元を押さえながら悪い笑みを浮かべているではないか。

（ふーん、嵌められたってわけね……）

今までもこうして徐々にチェルシーは〝出来損ない〟に仕立てられたのではないだろうか。お茶会に行く前に出鼻を挫かれたチェルシーは怒りが沸々と湧いてくる。

普段ならばやられたらやり返さなければ気が済まないが、今は分が悪い。両親からすれば集合時間に遅れてきた鈍臭《どんくさ》い出来損ないのチェルシーでしかないからだ。

こんな時、メイヴ公爵夫人の言葉を思い出す。

『何があっても表情に出したら負けも同然。どんな状況でも自分の優位にひっくり返すのよ』

そんな思いを胸にチェルシーは俯《うつむ》くことなく顔を上げた。

（……後で見てなさいよ）

いつもの小言が始まったら二人の気が済むまで続く。ジェニファーもお茶会の時間に遅れることは望んでいないとしたら時間の余裕は持っていると判断していいだろう。そしてもう自分は淑女なのだ。

「お父様、お母様、ダミアンお兄様、そしてジェニファー。お待たせして申し訳ございません」

四人全員としっかり視線を合わせた上で、状況と立場に合わせた謝罪の所作を披露する。その瞬間、空気が変わった。

「時間を聞き間違えてしまったようですわ。ウフフ、わたくしったら……」

「……チェルシー、なのか？」

「嘘、だろう？」

その言葉に柔らかい笑みを浮かべてから頭を下げる。

「参りましょうか」

綺麗にお辞儀をした後は、四人を無視して御者の手を借り馬車に乗り込んだ。

「ありがとう」

そう言ってお礼を言うと、御者は頬を赤く染める。

ネルとリリナの頑張りもあり、チェルシーはこの家の誰よりも美しくて可愛らしい令嬢になったのだ。本当はもっと髪を巻いて、化粧も濃い方が自分らしい気もするが仕方ない。

（ネルっちもリリにゃんも、すごくがんばってくれてたもん。二人を信じなきゃね！）

チェルシーの心はやる気で燃え上がっていた。何事かと顔を強張らせているダミアンと首を傾《かし》げて観察しているようにこちらを見ているジェニファーも馬車に乗る。

移動中、チェルシーはずっと無言だった。

ジェニファーとダミアンは何か話していたような気がするが、チェルシーにはまるで耳栓でもついているように話が聞こえない。少しでもいい気分になれるように、イケメンがたくさんいるというリリナとネルの言葉を思い出しては、テンションを上げる。

（イケメン彼氏を作るのも大切だけど、まずはメイヴ公爵夫人が素晴らしいってことを広めなくちゃ）

やられたらやり返すが、受けた恩もキッチリ返す主義である。チェルシーは顔に余裕の笑みを貼りつけていた。馬車の中でも背筋を伸ばせているし、コルセットが苦しいというのが本音ではあるが、一日なら耐えられるようになったのだ。

怪訝そうにチェルシーを盗み見ているダミアンとジェニファーにチラリと視線を送る。

ジェニファーはフワフワなレースがふんだんに使われた水色の流行りのドレスを着ている。モカブラウンの髪は緩くまとめてハーフアップにしており、よく言えばあざとくて可愛らしい、悪く言えば男ウケ全開である。

チェルシーの前では悪どいことを平気でしてくるくせに表向きだけは天使のように振る舞うところが気に入らない。心の中でベーと舌を出していた。

「ダミアンお兄様……わたくし緊張します」

「ジェニファーなら大丈夫さ。お父様とお母様もジェニファーはどこに出しても恥ずかしくない自慢の娘だと言っていただろう？」

「ですが、わたくし不安で……」

「心配しなくてもいいさ。何かあったら俺に言えばいい」

「ありがとうございます。ダミアンお兄様が一緒にいてくださって心強いですわ」

「ジェニファーは本当に可愛いな」

手を合わせて柔らかく笑うジェニファーに嬉しそうなダミアンを見て、鼻で笑いそうになるのを堪えていた。ジェニファーの裏側を知っているからか、このやりとりがすべて茶番に見える。

やはり男はこういう女子が好きなのだろうか。そしてうまく転がされていることにも気づかない。ジェニファーのようなタイプが一番モテるのは知っているが、まったく真似しようとは思わなかった。

キララの元カレもこんな感じの女に乗り換えたことが別れる原因だった。戻ってきてと、いくら縋りついたところで相手の思う壺、都合よく使われてポイ捨てされるのは経験済みである。だったら元カレよりもいい男を探してやると、親友のラブちゃんに付き合ってもらって、新しい服やメイク道具を買い揃えようとしていた時にチェルシーになってしまったのだ。

不安そうに振る舞うジェニファーを守るように励ますダミアン。こういう時に何を言っても結託してチェルシーを責めるのだろう。二人にとってチェルシーは足を引っ張る敵なのだ。

（尚更、腹立ってきた！　絶対にこの二人だけには負けねぇからな！）

それに聞き間違いでなければ「ジェニファーなら大丈夫」「ジェニファーは本当に可愛い」と言わなかっただろうか？

（どうして同じ妹でも〝チェルシーはダメ〟で〝ジェニファーは大丈夫〟なのよ！）

ジェニファーは、チェルシーがメイヴ公爵夫人に死ぬ気で指導を受けている間も、ダミアンとお茶を飲んだり、買い物に行ったり、昼寝をしていたりと遊んでいるようにしか見えなかった。

ジェニファーはそれで許されるのに、チェルシーはこんなに頑張っていても報われない。明らかな姉妹格差に苛立ちを感じながらも、心の中では戦闘態勢である。

（メイヴ公爵夫人も言っていたわ。ドレスも武器だけど、一番は内側から滲《にじ》み出る自信と気持ちだって……！）

グッと手を握ってチェルシーが考えているのを見て、ジェニファーの唇が僅かに歪んでいることに気づかないまま、城が近づいてくるのを見て瞼を閉じて深呼吸をしていた。

お茶会の会場である城につき、馬車の扉が開いたのを確認するが、先ほどチェルシーが先に馬車に乗ったことが気に入らなかったのかダミアンが我先にと外に出て、ジェニファーをエスコートしようとする。

（ほんとに、ちっちぇえ男だなぁ……）

チェルシーもジェニファーの後に続いて、ゆっくりと馬車を降りる。聳え立つ大きな城を見上げながらドキドキとする胸を押さえて言い聞かせるように呟いた。

（主役はアタシ……強かに。周囲を圧倒させるんだから）

周囲から視線を感じていたがチェルシーは堂々と胸を張っていた。同じくらいの歳の少女や青年たちがたくさんいるが、萎縮《いしゅく》する必要はないだろう。

「さすがだな。みんなジェニファーを見ているじゃないか」

「恥ずかしいですわ。ダミアンお兄様」

「ジェニファーは自慢の妹だよ」

ポッと頬を赤くして照れているジェニファーと満足げに微笑むダミアンに「うわー……マジ無理」と言いそうになったが、なんとか口を結ぶ。

色とりどりのドレスに見たこともない鮮やかな髪色と絵本の世界に入り込んだような煌《きら》びやかな世界。目がチカチカとしてくるが、間違いなく個性のないものから沈んでいくだろう。以前の地味なチェルシーは特にそうなりやすかったはずだ。

(まずは挨拶からよね……!)

ダミアンの態度は気になるところだが、後ろにいるチェルシーの存在をチラチラと気にする辺り、置いていくつもりはないのだろう。

(そこは世間体を気にするのかよ。基準がまったくわかんないんですけど)

隣を歩くのが当然と言わんばかりのダミアンとジェニファーの後ろをついていくように歩くチェルシー。勘のいいものが見れば、その関係性は浮き彫りだろう。しかしチェルシーも大人しく二人についていく。兄妹《きょうだい》揃って挨拶した方がいいからだ。列に並びながら周囲を見渡していた。

(確か、こういう時に情報収集をしなさいって言われたから……)

お茶会は情報戦だと教わった。外見の特徴から名前を思い出していく。

(あのレモンみたいな髪色は……確かレモン、レモンは酸っぱい酢だから……スサナちゃん。公爵家の令嬢で挨拶は必要。あのダークブルーの髪はメイヴ公爵夫人と同じ。ということは息子のケン

ドールくんね。時間があったら話しかけよーっと）

大体、挨拶しなければならない人間の把握ができたところで、順番が回ってくる。立派な髭を携えている王様の姿に目を見開いた。

（リアルキングじゃん！　すごーい、迫力ある～！）

その隣には女王様のように厳しい表情でこちらを値踏みするように見る女性。

（メイヴ公爵夫人よりは怖くないけど……王妃陛下って言うんだよね）

その後ろにはまるで王子様のようにキラキラと輝いている青年が柔らかい笑みを浮かべている。

（うっわぁ……なんかどこかで見たことあるような。こんなに綺麗な男の子っているんだなぁ。モデルとか俳優になれそう）

そして王子様のような青年の隣にはドレスは着ていないが長い髪を結った女の子がいる。恥ずかしそうに顔を伏せて照れている姿は大変可愛らしい。

（もしかしてこの人たちが王子……？　じゃあ隣のズボン履いた女の子は？　てか、ここの場所にいる人みんな王子じゃないの？）

誰が偉いのか、誰が王子なのか……写真を見せられたわけでもないのでわからない。メイヴ公爵夫人から聞いた情報やチェルシーの記憶から擦《す》り合わせていくが、そこら中で同じような格好をしている青年がたくさんいるため、よくわからなくなってきてしまった。

「ダミアン・ルーナンドです。本日はお招きいただきありがとうございます」

「ジェ、ジェニファー・ルーナンドですぅ……ごきげんよう」

一体、何に照れているのかと突っ込みたくなってしまった。その愛らしい態度はチェルシーを見下して騙していたとは思えない。モジモジと芋虫のように体を捩らせながら甘ったるい猫撫で声で名前を言うジェニファーを見て、チェルシーは何とも言えない気持ちになった。

(なんでジェニファーが姉のチェルシーよりも先に挨拶するのよ)

まるで自分の方が上だと示しているようだと思った。次は自分の番だとチェルシーは大きく息を吸う。メイヴ公爵夫人仕込みの素晴らしい挨拶を披露するチャンスである。

「本日はお茶会に招待いただき、大変嬉しく思います。チェルシー・ルーナンドでございます。お会いできて光栄ですわ」

メイヴ公爵夫人に何度も何度も怒られて厳しく直され「おまけのおまけの合格よ」と言われたカーテシーを披露する。

するとその場の空気がガラリと変わったような気がした。

横からは目を見開いたダミアンとジェニファーの視線を感じる。頭を下げて言葉を待ちながらも国王たちから無言の圧力を感じていた。

しかし絶対に姿勢を崩してはいけないと、この数週間、鍛え続けたおかげで体に染みついている。声が掛かるまで全身の筋肉を使わずに動かずに耐えていた。

「素晴らしい挨拶だ。チェルシー・ルーナンド」

「お褒めいただき光栄でございます。国王陛下」

「そうは思わないか?」

「えぇ、わたくしもそう思っていたの」

「恐れ入ります」

「チェルシー、もっとよく顔を見せてちょうだい」

「はい。王妃陛下」

筋肉が攣りそうになりながらも、チェルシーは体を起こして満面の笑みを浮かべる。

（——アーハッハッハッ！　これが特訓の成果じゃん！　アタシだってやればできるんだから！）

『まずは名前を呼ばれる、もしくは覚えていただいたのならあなたの勝ちよ……！』

メイヴ公爵夫人の言葉が頭を過ぎる。心の中で大興奮だったため、名前も知らない美しい青年が自分をどう見ていたかなんて知る由もなく、細心の注意を払いながら会話を進めていく。

「大きなお茶会ですので、緊張してしまって……粗相があってもご容赦くださいませ」

「そんな風には見えなかったわ」

「ルーナンド侯爵家にこんな聡明なご令嬢がいたなんてな」

「まぁ、国王陛下にそう言っていただけるなんて光栄でございます」

「その髪飾りは……？　生花とは珍しい」

「庭師にオススメの花を選んでもらいました」

「ドレスも珍しいデザインね」

「祖母が選んだドレスに、侍女と共に手を加えたのです。本日は流行りよりも陛下方に失礼がないようにと思いましたので」

「まぁ……！」

王妃の視線が一瞬だけジェニファーの元へ流れる。流行りのドレスには見飽きていた、視線でそう言っているのがわかる。

ボリューミーでリボンやフリルがたくさんついている派手なドレスはそこら中に溢《あふ》れている。色が違うだけでジェニファーと同じようなデザインのものばかりだ。

しかしチェルシーのドレスは、この場では地味かもしれないが国王や王妃の世代にはシンプルで上品に見えるのだろう。どうやら心証はかなりいいようだ。国王も髭を触りながら頷いている。

ダミアンとジェニファーは会話に入ることもできずに呆然と立ち尽くしていた。完全な一人勝ち状態はジェニファーを出し抜けて嬉しい限りだが、王妃から矢継ぎ早に飛ぶ質問にチェルシーは内心、困り果てていた。

(なになに、めっちゃ困るんですけど……！　なんでこんなにたくさん質問されてるの!?　アタシ、ちゃんと答えられてる？)

メイヴ公爵夫人の話では一言二言で挨拶は終わりだと聞いていたのにもかかわらず、二人は目を輝かせながらチェルシーを見ているではないか。おかげでチェルシーの長い長い挨拶はすっかり注目の的である。しかし会話の中であるチャンスが訪れる。

「そのマナーはどこで？」

チェルシーはその言葉に目を光らせた。メイヴ公爵夫人の話をするのは今しかないと思ったからだ。そして王妃の質問に答えるために背筋を伸ばして大きく息を吸った。

「――メイヴ公爵夫人にご指導いただきましたわ！」

「まぁ、メイヴ公爵夫人に！」

「なんと……！」

その名前を聞いて周囲はざわついている。ダミアンとジェニファーも心底、驚いているようだ。広い屋敷内で顔を合わせずにチェルシーの部屋で篭りっきりで指導を受けていたので気づいていなかったのだろう。

公爵夫人を招く際のマナーとしては絶対にありえないことだと後から知った。それでもメイヴ公爵夫人は引き受けてくれたのだ。

話を聞けば、どうやらメイヴ公爵夫人も子爵令嬢出身で死ぬほど努力して成り上がり、今の地位にいるそうだ。とある公爵夫人に頼み込んで食らいついて、チェルシーのように面倒を見てもらった過去があるらしい。

『見返したい……わたくしはそんなあなたの手紙を見て心動かされたの』

だからこうしてチェルシーの無茶な願いを聞いてくれたそうだ。

できなくても、何度失敗してもチェルシーを馬鹿にすることなく寄り添い、力になってくれたメイヴ公爵夫人には深く感謝しているし、恩を返したいと思っている。

それに注目が集まっている今、これ以上適した場所はありはしない。

「メイヴ公爵夫人の指導は大変厳しいと聞いたけど」

そう問いかける王妃に向かって、チェルシーは柔らかな笑みを浮かべながら口を開く。

「とても厳しかったですわ。何度も挫けそうになりました。ですが、わたくしはメイヴ公爵夫人の指導を受けてよかったと心から思っております。夫人は粘り強く、また愛情深くわたくしに接してくださり、多くのものを与えてくれました」

周囲が静まり返る中、チェルシーは伝えたいことを言えて大満足だった。まるで値踏みするような視線に「何見てんの？」と言いたいのを必死に押さえ込んでいた。全身が針に刺されているようにチクチクと痛い。

何も言葉が返ってこないので、内心焦っていたチェルシーはそろそろ立ち去ったほうがいいだろうと挨拶を終えるために再びペコリと頭を下げる。もちろん叩き込まれた仕草は忘れない。

「国王陛下と王妃陛下とお話しできて嬉しゅうございました！　待たれている方々に申し訳ありませんので、今回はここで失礼させていただきますわ」

「……あ、あぁ」

「こちらこそ話を聞けて嬉しかったわ。チェルシー、ありがとう」

「ダミアンお兄様、ジェニファー参りましょう。では、ごきげんよう！」

こんなにも早く目的を達成することができるとは思わずに、チェルシーは嬉しくて浮かれていた。

（メイヴ公爵夫人のこと、みんなの前でちゃんと言えたー！）

爽やかな風を感じながら階段を降りると低い声が響いて、肩に痛みが走る。

「おいっ！　どういうつもりだ」

背後から伝わる苛立ちと怒りにチェルシーは後ろを振り返った。

（うわー……マジで面倒くせぇな）

振り払おうとしても、ダミアンはチェルシーの肩を離さない。

「聞いているのか、チェルシーッ！」

まだチェルシーが注目を浴びている中、こうした態度を取ることがよくないことは少し考えればわかると思うのだが、怒りからか周りがまったく見えていないのだろう。

（せめて建物の影に連れて行ってからじゃないの？　まさか空気が読めない感じ？）

肩にある手を思いきり振り払う。乱れたドレスを直してからチェルシーはダミアンを睨みつけた。

「いきなり肩を掴《つか》まれては驚きますわ。ダミアンお兄様」

周囲を配慮した答えだったが、どうやらダミアンには伝わらなかったようだ。彼は人目を気にすることなく、大声でチェルシーを怒鳴りつけた。

「貴様、何様のつもりだっ！　本当はジェニファーが話す予定だったんだぞ!?」

「はい……？」

何を言い出したかと思ったら、どうやら先ほどの挨拶でチェルシーばかり話したことが気に入らないようだ。

（アタシが話していたんじゃなくて質問責めされてたんだけど、コイツの目と耳は節穴なの？）

チェルシーは驚きすぎて、そう問いかけることすら忘れていた。

「殿下たちだって、ジェニファーと話したそうにしていたんだぞ！　お前が図々しく出しゃばるせいで、折角のチャンスが台無しになってしまった」

「……は？」

「どう責任をとるつもりだっ！　まさかこんな風にジェニファーを邪魔するなんて信じられない」

準備の時にリリナとネルに〝殿下〟は王子たちを呼ぶ時に使うと教えてもらった。チェルシーは挨拶に必死でそこまで見ていなかったが、本当に王子たちはジェニファーを見ていたのだろうか。もしもそのとおりなら王子たちには申し訳ないことをしたかもしれないが、ジェニファーに対しては思わないし、ダミアンに言われる筋合いはない。

こんなところでもジェニファー、ジェニファーとうるさくチェルシーを罵《ののし》るダミアン。内心では毒を吐きつつも、チェルシーは笑みを張りつけながら話を聞いていた。

「わたくしはご挨拶をしただけですが……」

「陛下たちも本当はジェニファーに問いかけたかったのだっ！」

「あら……そうなのですねぇ」

二人はチェルシーと話していてジェニファーは眼中にすらなかったような気がするのだが、チェルシーの気のせいだろうか。少なくとも興味はチェルシーにあったはずだ。

「それにメイヴ公爵夫人の名前を使って、王妃陛下の気を引くなど、なんて卑怯なやり方なんだっ」

「わたくしが卑怯、ですか？」

「そうだ。ジェニファーを出し抜いて自分が注目を浴びたいからとあんな嘘をつくなんてな」

「わたくしは嘘などついておりませんけれども」

「いや、嘘だな！　メイヴ公爵夫人は侯爵邸に出入りなどしていない！　それが何よりの証拠だ」

自信満々なダミアンには申し訳ないが、チェルシーはメイヴ公爵夫人の指導を受けている。ダミアンはその姿は見ていないため、メイヴ公爵夫人とチェルシーが関わっているとは夢にも思っていないのだろう。

両親と兄妹《きょうだい》を見返したいため、内密にと協力してもらっていたし、出入りはいつも裏口からで、リリナとネルが他の人たちに見つからないようにチェルシーの部屋に案内してもらっていた。

(そもそもチェルシーの部屋が一番端で裏口に近いし、二人の部屋から離れているのも腹立って仕方ないんだけど)

端へ端へと追いやられている姿が、家族との関係を表しているような気がした。

だが事実も確認していないのに〝嘘〟だと断定することに腹が立つ。チェルシーの大きな成長と変化がダミアンには見えないのだろうか。それに一つだけ声を大にして言いたいことがあった。

(お前らが遊んでいるうちに、こっちは死ぬ気で指導を受けていたんですけど⁉)

百歩譲って公爵夫人の指導が嘘だったとしても、チェルシーは見違えるほどの優雅な所作を身に着けたのだ。死ぬほど努力をしたことくらい、少し考えればわかるだろう。

それを知らずに、と言いたいところではあるがここは公の場である。今も興味深そうにこちらを観察している令嬢令息たちの視線を痛いほどに感じていた。

「父上と母上が聞いたらどう思うか……！」

この件を偏った情報のまま両親に告げ口する気なのだろう。そしてまた両親がチェルシーを見限ってしまう。

(あー……はいはい。これがいつもの手口ってことね)

ダミアンの後ろでジェニファーはドレスの裾《すそ》を掴《つか》みながら顔を伏せている。チェルシーの様子を窺《うかが》っているようだが、周りの状況と自分がどう見られているかを計算して同情を引くための行動だろう。

(うわ〜、ないわ)

チェルシーは反応を示さないように表情を取り繕《つくろ》って対処しているが、ダミアンからの悪口は収まるどころかヒートアップしていく。そろそろ解放して欲しいと思い、子供に言い聞かせるようにゆっくりとした口調でダミアンに問いかける。

「ダミアンお兄様、少々よろしいでしょうか」

「出来損ないに〝お兄様〟と言われる筋合いはない。ジェニファーと違って可愛げのないお前に……!」

チェルシーの口端がヒクリと動いた。しかし先ほどの場でメイヴ公爵夫人の名前を出した以上、失態を犯すわけにはいかない。冷静を装って言い直す。

「では、ダミアン様……」

「俺の名前を気安く呼ぶな、虫唾が走るっ！　この件は父上と母上に報告せねば。これでお前の無能さがまた証明されることになったな」

ここでダミアンの顔面を殴り飛ばさなかった自分を褒めてあげたいと思った。ギリギリと歯を食いしばりながら腕を押さえて耐えていると……

「ダミアンお兄様、もういいのですっ！」

「ジェニファーの言いたいことはわかっているさ。チャンスを奪われたことが悔しいのだろう？」

「いいえ、そんなことありませんわ。いつも地味で目立たないチェルシーお姉様が折角がんばったのですから、そんなに責めないであげてくださいませ」

「……だが、それではジェニファーの気持ちが！」

「ダミアンお兄様に気づいてもらっただけでも十分ですわ！　それに先ほどはチェルシーお姉様に無理矢理チャンスを奪われてしまいましたが、わたくしはこのくらいの嫌がらせは耐えられますから」

「ジェニファー……すまない」

ジェニファーは潤《うる》んだ瞳でダミアンを見ている。チェルシーを庇《かば》っているように見えて、明らかに言葉に棘《とげ》がある。

（またチェルシーを悪者にしようとしてる……！　ああ、もう腹立つんだけどっ）

思い込みが激しくて空気が読めない兄と裏表が激しい妹、チェルシーが悪だと決めつけている両親に囲まれながら、どうしてチェルシーだけがこんなにいい子に育ったのか知りたいくらいである。

フーッと長めの溜息を吐き出したチェルシーはあらためてダミアンに問いかける。

「……よろしいのですか？」

「何がだ」

自分の主張に夢中になって気がつかないようだが、そろそろ周りが見えていないダミアンには自覚してもらうべきだろう。

「わたくしに暴言を吐き散らすのは構いませんが、皆様に見られていますわ」

「……ッ⁉」

「どんな理由であれ、ルーナンド侯爵家を継ぐダミアン様が、妹……とダミアン様は思うことすらお嫌かもしれませんが、世間的には妹であるわたくしを人前で激しく罵《ののし》るのはいかがなものかと」

「あ……っ」

チェルシーは感情を荒げることなく淡々と告げると、ダミアンはぐるりと周りを見回した。ヒソヒソと囁かれる声はいい内容ではないだろう。今のやり取りがどう見えるのか、簡単に想像できるはずだ。

「ルーナンド侯爵家の評判に関わるのではないのでしょうか？」

「——ッ！　違っ、これは」

「お父様とお母様に、このことを報告できるのでしょうか？　自分の愚かさを」

チェルシーからの正々堂々の反撃パンチである。メイヴ公爵夫人仕込みの突っかかってきた相手を綺麗に撃退する方法が早速、役立ったようだ。

こちらに非がないことを見せつつ自分にチャンスがきたら一気に攻め込む。

（ざまぁみやがれ！）

するとで顔を真っ赤にしたダミアンがこちらに近づいてくる。しかしチェルシーは一歩も引かなかった。

（さすがに手を上げたりはしないはず……近寄って威圧する気なら受けて立ってやる）

しかしチェルシーの予想に反してこちらに伸びてくる腕。そしてダミアンがチェルシーの胸元のドレスを掴《つか》み上げた。まさか……そう思った時には遅かった。

――ブチッ！

ネルとリリナが一生懸命胸元に付けてくれたリボンやビーズの飾りが取れてしまう。

（……嘘でしょう⁉）

チェルシーはダミアンの行動に目を見開いた。

このドレスを作ってくれることになった経緯を思い出す。メイヴ公爵夫人の訓練を受け終わり、痛む体を押さえながらチェルシーはお茶会に着て行くドレスを眺めて口を尖らせていた。

『このドレス、色は可愛いんだけど……何かが足りない気がするんだよね』

『そうですよね』

リリナとネルもチェルシーに同意するように頷いた。

『地味なドレスしかなくて萎える～！　チェルシーは本当にこの色が好きだったの？』

くすんだブラウン、濃いグレー、ネイビー……趣味は人それぞれだが、とても若い女の子が好んで社交界に着ていくドレスの色ではない。しかし今更、チェルシーがドレスを買って欲しいと頼んでも断られてしまうだろう。するとネルとリリナが表情を曇らせた。

『チェルシーお嬢様は優しすぎるのです』

『どういうこと？』

『チェルシーお嬢様がジェニファーお嬢様と一緒に選んだから……奥様が買ってきてくれた大切なものだからと言っていたではありませんか』

またまた出てくるジェニファーの名前にチェルシーは思いきり顔を歪めた。リリナとネルは不思議そうにしているのを咳払いで誤魔化す。

『ずっと聞いてみたかったのですが、本当はどんな色が好きなのですか？』

『え、アタシ？　アタシはね、明るい色が好き！』

『やっぱりそうだったんですね』

『このドレスも、もっとこの辺がキラキラして胸にも目立った飾りがあればもっと素敵じゃない？』

そう言うと二人は顔を見合わせて頷いている。

『この紙にチェルシーお嬢様が着たいと想像しているドレスを描いてくださいませんか？』

『いいけど……でもなんで？』

『私たちはチェルシーお嬢様が好きなドレスが知りたいのです！』

『今後のためにも是非！』

リリナとネルに言われた通り、チェルシーはどんなドレスを着てみたいかを紙に書き込んでいく。

『やっぱりチェルシーには可愛い系のドレスが似合うと思う！　お姫様って感じがいいからヒラヒラしてて可愛くて、でも胸元にリボンがあって、この辺がキラキラしてたらいいよね～！　ここにお花とかリボンがあるとめっちゃくちゃ可愛くない？』

『チェルシーお嬢様、いくらなんでもそれは派手すぎです』

『そう？　でも頭にお花みたいな飾りが欲しいなぁ。ドレスに合う感じの。さすがにこのドレスはシンプルすぎるもん』

『そうですね。でも今から買いには行けませんから庭師のトムに頼んで花を用意してもらいましょうか』

『ほんと？　やったぁ！』

この会話の何日後かに、朝になるとフラフラと覚束ない足取りで歩いて、疲れた顔をしている二人を見かけるようになる。チェルシーは不思議に思っていたが、侍女長の指導が厳しいのだと思っていた。チェルシーもメイヴ公爵夫人のレッスンを受けてから、夜遅くまで勉強して意識を失うようにして寝る日々が続く。

二人がサプライズでドレスを作ってくれたのだと気づいたのはお茶会の数日前のことだ。

『なにこれ……ドレスが全然違う！』

『ふふっ、どうでしょうか？』

『少しはチェルシーお嬢様の理想に近づけたのならいいのですが』

理想通りの可愛らしいドレスにチェルシーは目を見開いた。リリナとネルの目の下には大きな隈、指にはたくさんの絆創膏。仕事の合間や夜中にドレスを作ってくれたのだと聞いたチェルシーは感動と喜びに鼻を啜りながら号泣していた。

『すっごく、すっごく……がわいいよぉ……っ！』

『喜んでもらえてよかったです』

『がんばった甲斐がありました』

『リリにゃん、ネルっち、ありがとぉ〜！　本当に感謝だよっ』

『お嬢様ががんばってくださってますから』

『チェルシーお嬢様が一番、輝いて欲しいのです』

リリナとネルの優しい表情を思い出す。このドレスは二人の気持ちがたくさんたくさん詰まっている。チェルシーにとっては〝世界で一番可愛い〟とっておきのドレスだった。

ダミアンの手によって二人が懸命に作ってくれたリボンが千切れてヒラリヒラリと地面に落ちていく。それと同時にビーズが散らばった。

「あっ……」

「な、なんだその脆いドレスはっ！」

チェルシーはしゃがんでからリボンだったものをそっと手のひらで掬った。パタパタと地面に涙が落ちていることに気づいて、その場から動けなくなる。鼻の奥がツンとして、唇を強く噛みながら泣くのを耐えていた。

（泣いたらダメ！　淑女たるもの、絶対に表情をかえないっ……でも、でもっ……！）

けれどチェルシーを想いドレスを作ってくれたリリナとネルの気持ちを考えると涙が溢《あふ》れてしまう。申し訳ない気持ちでいっぱいだった。それでも泣き顔が見られたくなくて動けずにいると……

「チェルシー嬢、大丈夫かい？」

誰かに名前を呼ばれた後に腕を引かれた。誰か確認する前に一瞬で抱き込まれてしまう。

後だ。

(だ、だれ……⁉)

あまりにも驚きすぎて涙も引っ込んでしまった。顔を隠してくれたのだ、と気づいたのはその

「……っ⁉」

「騒ぎを諌めにきたのだけれど、これは一体どういうことかな？」

凛とした声が耳に響く。爽やかなミントの香りが鼻を掠めた。チェルシーを抱きしめる腕に力がこもる。

「ああ、チェルシー嬢はドレスが破けた胸元が気になるんだね。可哀想に……誰がこんな公の場で乱暴なことをしたのだろうね」

会場の視線がダミアンに集まっていることも知らずにチェルシーは悔しさから服を握る。助けてくれた人はチェルシーが涙を隠そうとしてくれているのをわかってくれていたのだろう。チェルシーの顔は見せないようにしたまま、表情と胸元を隠すように頭上からジャケットを掛けられる。その気遣いが今はありがたいと思った。

「お、俺は別にっ……！」

「どうして……嘘、でしょう？」

ダミアンとジェニファーの声が耳に届くが、状況が見えないので何が起きているのかわからない。

「着替えた方がいいね。チェルシー嬢、こちらにどうぞ」

誰かはわからないが、親切な人に助けられたと安心した時だった。ジェニファーが声を上げる。

「ちょっと待ってくださいませっ！」

「何かな？」

「これはちょっとした事故なのです！　ねぇ、ダミアンお兄様っ」

「あ、あぁ……」

「だからダミアンお兄様のせいではないのですわ！」

表情は見えないがジェニファーの甘い声が耳に届く。焦りながらたどたどしく説明しているが、明らかに辻褄が合っていない。

「そうかな？　僕には彼女に手を上げているように見えたけど」

「っ……！」

「ダミアン。君の妹のチェルシー嬢は先ほど、母上と父上の目に留まるほど素晴らしい挨拶をしたはずだけど、一体何が気に入らないというんだい？」

顔は見えないが声は低く、怒っているようにも聞こえた。

「そ、それは……」

「ルーナンド侯爵は君にどんな教育をしているんだろうね。こんな公の場で暴力を振るうなんて品位を疑うよ」

「……ッ！」

上着の隙間越し、怒りにブルブルと体を震わせているダミアンの姿が見えて少しだけ胸がスカッとする。ダミアンが言い返せずに言葉を濁すということは、地位が高い人なのだろうか。しかし二人は反論するように必死に叫ぶ。

「で、ですがチェルシーは陛下たちに嘘をついて気を引こうとしたんです！　メイヴ公爵夫人に指導を受けたのだとデタラメを言って、ルーナンド侯爵家の名誉を傷つけようとしたのですよ！」

「残念ですがダミアンお兄様の言う通りですわ！　わたくしもルーナンド侯爵邸にメイヴ公爵夫人がいらっしゃったところを見たことありませんからっ」

するとと頭上から大きな溜息が聞こえる。そして次に紡がれたのはチェルシーを庇《かば》う言葉だった。

「チェルシー嬢は嘘を言っていないよ」

「……！」

「メイヴ公爵夫人の息子であるケンドールからチェルシー嬢の話をよく聞いていたからね。その内容はとても面白くて僕は彼から話を聞くのを楽しみにしていたんだ」

「え……？」

「今日はチェルシー嬢に会うことができて嬉しかったよ」

「まさか本当に……!?　いや、そんなはずはっ」

「本当だよ。決してチェルシー嬢は嘘を言っていない。僕が保証しよう」

ダミアンはケンドールの名前を聞いて狼狽えているようだ。

（この人、ケンドールの友達!?　ってことは公爵家か侯爵家の誰か……？）

ダミアン以外にも疑っている者はいたようで、「嘘だろう？」「やはり本当だったのか」と、声がそこら中から聞こえてくる。周囲が一気に騒がしくなったような気がした。

「それに、ジェニファー嬢は随分と可愛がられているようだけどチェルシー嬢には辛く当たるんだね。僕には、君の態度に明確な違いがあるように見えるのだけど、気のせいかな？」

冷たい声は、話し相手であるダミアンだけでなく、ジェニファーにも向けられていると感じる。しかし自分のことが話題に上がったと勘違いしたのか、ジェニファーは興奮気味に声を上げた。

「あのっ、わたくしはジェニファーと申します！　ジェニファー・ルーナンドですっ！　ずっと、ずっとバレンティノ殿下に憧れていたんですっ」

ジェニファーから言われた殿下という言葉を聞いてチェルシーは驚愕していた。

バレンティノとはこの国の王子の名前だからだ。顔を上げる。先ほど挨拶する時に立っていた青年の姿がそこにあった。ピンク色の見慣れない瞳の色に目を奪われていると、バレンティノがこちらを見て優しい笑みを浮かべた。

（綺麗な瞳……宝石みたい）

瞳に魅入られていると、胸元の布が伸びていたためかずり落ちそうになり、必死に押さえる。

チェルシーがドレスを掴《つか》みながら慌てふためいていると、バレンティノはジャケットを頭に被せ直してくれた。上から小さな声で「ごめんね」と聞こえてくる。それからバレンティノはそばにいた騎士や従者を複数人呼んで、壊れてしまったドレスのリボンやビーズを拾うように指示を出している。

「ではチェルシー嬢、行こうか」

その言葉にチェルシーは首を縦に動かして頷いた。バレンティノに背を押されるまま一歩を踏みだす。呆然とする二人とそれを見ていた令息と令嬢たちに背を向けて会場を後にする。

ジャケットが被さっていてわかりづらいが、足元には真っ赤な絨毯があり、どうやら城の中に入り廊下を歩いているようだ。チェルシーは先ほどの出来事を思い出してグッと唇を噛む。苛立ちと悔しさが込み上げてくる。

「大丈夫？」

バレンティノの声にチェルシーは少しだけ顔を上げてコクリと頷いた。

（人前で泣いちゃだめ……！　我慢ッ、がまんっ！）

しかし今にも涙が溢《あふ》れ出してしまいそうだった。鼻水がツーと垂れていく感覚もあり、上を向きたかったがジャケットを汚すわけにもいかずなんとか耐える。バレンティノが侍女や騎士たちに指示を出しながら、チェルシーを空き部屋らしい部屋に入れてくれる。後ろではパタリと扉が閉まる音が聞こえた。

「……っ！」

「ここには誰も来ないから、もう我慢しなくていいよ？」

バレンティノの言葉を引き金にポロポロと涙が溢《あふ》れて頬を伝っていく。彼以外誰もいなくなったことを確認したチェルシーはギュッと拳を握ってから叫んだ。

「――うわぁあぁあぁんっ！　アイツらマジでムカつくんですけどぉぉッ」

「……！」

「絶対に許さないからなあぁっ！　あのクソ野郎がっ」

そう言って嗚咽するチェルシーの背をバレンティノが摩る。

しかしチェルシーの気持ちは収まらない。

「折角、ネルっちとリリにゃんががんばって作ってくれたのにぃっ！　ありえないっ！」

バレンティノがいることも忘れて悔しさにテーブルをバシバシと叩く。

「もう！　もう……ッ！」

我慢していた分も含めて感情が爆発してしまう。しかし腕を押さえられてハッとする。

「これ以上は腕が赤くなってしまうよ？」

顔を上げるとバレンティノの優しい笑みがすぐ近くにあり、少しだけ気持ちが落ち着いた。鼻水を啜りながらグッと唇を噛み締めた後に、ある思考が過《よ》ぎる。

（これ……王妃様にチクられたらやばくね？）

急に冷静な思考を取り戻したチェルシーは青ざめた。こんな失態を見られて、王妃に、ひいてはメイヴ公爵夫人に伝わってしまったらと考えると、イライラしていた気持ちは波のようにサッと引いていく。

「……あ、あの」

「気持ちは収まった？」

「このことは王妃陛下とメイヴ公爵夫人には言わないでくださいっ！　このお茶会で淑女として完璧に振る舞うって約束したし、それにっ」

勢いよく頭を下げすぎたせいかゴチンと机に頭をぶつけてしまう。チェルシーはあまりの痛みに額を押さえて悶絶していた。

（淑女としてあるまじき失敗……っ！）

まるでこの世の終わりだとばかりにワナワナと震えながらチェルシーは額を押さえつつゆっくりと顔を上げる。バレンティノは笑みを浮かべたまま表情が変わらないが、チェルシーは『言わないで』と無言で念を送っていた。

どのくらい時間が経ったのだろうか。ふと顔を伏せたバレンティノがプルプルと震えているのを見てチェルシーは焦り声を上げる。

「た、確かにさっきはヤバかったけど……公の場ではちゃんとできたからオッケーってことで！あっ、あと助けてくれて本当にありがとうございました」

「ぷっ……」

「……ぷ？」

「ブッ、アハハハッ！」

「……？」

腹を抱えて机に崩れるようにして笑うバレンティノの姿を見てチェルシーは呆然としていた。どうして笑っているのか教えてほしいくらいだ。先ほど腕を叩かない方がいいと言いながら自分もバシバシと音を立てて机を叩いているではないか。

上品な笑みを浮かべていた先ほどまでの姿が嘘のようだ。一気に親しみが増したような気がした。

暫《しばら》く笑いが収まるまで待っていると、バレンティノは涙を拭いながら立ち上がる。

「随分とイメージが変わったんだね。前に会った時とは別人だ」

「だって別人だもん」

「それほどチェルシー嬢は努力したってことかな」

「だから違うんだってば！」

勢いのまま自分はキララでチェルシーとは別人だと説明するものの、やはり信じてはもらえないようだ。仕方がないので先ほどの失態を言わないでほしいということを改めて念押しする。

「もちろん母上には言わないよ。メイヴ公爵夫人に会うことがあれば君の対応は完璧だったと報告しておく」

「……！」

「よく頑張ったね。さすがケンドールが言うだけのことはあるよ……くくっ」

とりあえずは二人に言わないでいてくれるらしい。チェルシーは安心感からホッと息を吐き出した。そしてずり落ちてしまいそうな胸元のドレスを持ち上げる。

それに気づいたバレンティノは「着替えを用意してもらうから待っててくれ」と部屋から出て行ってしまった。

チェルシーは胸元を見る。引っ張られてヨレヨレの胸元はずっと押さえていなければならず、このままお茶会には戻れないだろう。

（あの野郎、手を上げるなんて最低すぎっ）

あんな感情的ですぐに暴言を吐き散らす男が跡継ぎでいいのだろうか。未来の侯爵夫人が苦労しそうだ。

ちなみに今、ダミアンには婚約者がいない。色々な令嬢と顔合わせをしているそうだが、ダミアンが気に入る令嬢がいないのだそうだ。プライドも高く重度のシスコンとなればその理由がわかるような気がしたし、なんなら令嬢側からも気に入られていない気がする。

バレンティノとは大違いだ。

(王子様ってもっと偉そうで我儘なイメージだけど、紳士的っていうか……結構優しいじゃん)

先ほど大爆笑していた姿と、王太子として凛々しく颯爽と助けてくれた姿を思い出す。甘いマスクに物腰柔らかで誰にでも優しいとなれば令嬢たちにモテそうだ。実際にジェニファーはバレンティノに熱い視線を送っていた。

そんなことを考えていると目の前の扉が開く。

「お待たせ、チェルシー嬢」

「失礼いたします」

バレンティノと共に数人の侍女が部屋の中に入る。ドレスや化粧品、アクセサリーが次々と用意されているのを見てチェルシーは目を丸くした。

メイヴ公爵夫人には、着替えを用意していない場合、ドレスが汚れたら速やかに帰宅した方がいいと言われたことは覚えていたが、用意された時はどうすればいいのかまでは聞いていない。

「んー……この辺の色がいいかな。あとはチェルシー嬢に好みを聞いてあわせて」

「かしこまりました」

折角の厚意は無下にできないとチェルシーは大人しくしていた。

不安になりながらも促されるまま別室で着替えるために侍女たちの後に続く。振り返るとバレンティノは嬉しそうに手を振っている。

部屋を移動しても尚緊張していたチェルシーだが、そこにあった煌《きら》びやかなドレスに目を輝かせた。そして選んだドレスに着替えて鏡を見る。

「うわぁ……！　綺麗」

「とてもお似合いですわ」

先ほどよりも豪華で美しいドレスは、高級感があってチェルシーの魅力を引き立たせてくれている。しかし気になるのは二人が一生懸命、作ってくれたドレスだ。

鏡をみると髪につけてもらった花も大分萎れてしまったようだ。侍女たちは「髪も結い直すので生花も取りますね」と言って花を取る。

それを見てリリナとネルの顔が頭に浮かんで悲しくなった。

（……二人に謝らなくちゃ）

着替えが終わり、壊れたドレスの上に花を乗せてもらい浮かない表情でバレンティノがいる部屋へと戻る。するとバレンティノと共にダークブルーの長めの髪を結んだ青年が立っていた。

チェルシーに気づいたのか青年は水色の瞳を細めてから笑みを浮かべると目の前まで歩いてくる。

「はじめまして、チェルシー嬢。ケンドール・メイヴと申します。母からよく話は聞いていますよ」

優しく微笑んだ時の顔がメイヴ公爵夫人によく似ている気がした。

（メイヴ公爵夫人の息子のケンドール！　今度こそちゃんとしなくちゃ）

甘い顔をしたバレンティノとは真逆で、目力があり顔のパーツがハッキリとしている。喋り方も仕草もさすがの一言だ。切り替えてチェルシーは淑女らしく挨拶をして頭を下げる。するとケンドールは「素晴らしい挨拶だ」と言って褒めてくれた。

「チェルシー嬢、大変だったみたいだね」

「……はい」

「ああ、久しぶりに腹が立ったよ。あの態度はありえない」

「バレンティノがそこまで言うとは驚きですね」

バレンティノとケンドールはとても親しい仲のようだ。そして話はいつのまにかチェルシーの髪飾りへと移る。

「バレンティノ、どの髪飾りにするんです？」

「ドレスがイエローだから、これがいいんじゃないかな？」

「そうですか。私はこちらも似合うと思ったのですが」

「確かに。さすがケンドールだ」

「まぁ、バレンティノよりは経験がありますからね」

「はいはい、わかったよ」

チェルシーは淑女らしくにっこりと微笑みながらバレンティノとケンドールに声を掛ける。

「ドレスだけではなく髪飾りまで……申し訳ありません。必ずお返ししますので」

「君が気にする必要はないよ」

「そうですよ」

どうやら大規模なお茶会ではこういうことは日常茶飯事のようだ。被害に遭った令嬢たちのために、こうして着替えを用意しているのだとバレンティノはアクセサリーを選びながら説明してくれた。

「それよりもこのドレスはどうする？　胸元が破れてしまったようだけど」

「どうしてこんな風にドレスがバラバラになってしまったのですか？」

「ダミアンが彼女に手を上げたんだ。もう一人の妹は可愛がっているようだけど、チェルシー嬢を一方的に責め立てていたよ」

「そうなんですね。大体の状況は把握できましたよ」

ダミアンの名前を聞いて、堪えていた悔しさがまたこみ上げてくる。抑え込むのに必死で、二人の会話が聞こえないほどだ。

様子に気づいたバレンティノが声をかけてくる。

「ああ……我慢しなくていい。先ほどみたいに話していいんだよ。チェルシー嬢」

そう言われてチェルシーはグッと唇を噛んだ。涙を我慢しすぎて鼻が詰まっていく。

「――あんの、クソ野郎がッ！」

部屋いっぱいに響いた叫び声。バレンティノとケンドールは、これでもかと目を見開いている。

チェルシーの肩は怒りでプルプルと震えていた。

「何が〝脆いドレス〟だよっ！　アタシのために一生懸命作ってくれたドレスじゃん、二人の想いがづばっだ、大切なドレスだったのにいぃ……！」

「作ったたって、誰が？」

「ドレスを売っていた店の名前ですか？」

「ネルっちとリリにゃんが……っ！」

「ネルっちとリリにゃんはチェルシーの侍女で、忙しいなか寝る間もっ、惜しんで作ってくれたの……っ、だけど、それをっ」

　再び視界がぼやけていく。二人が驚いたように目を丸くして顔を合わせているのが見えた。

「チェルシー嬢、どうして新しいドレスを買わなかったのですか？」

「だってアイツらを見返したかったたし、買ってってチェルシーが言っても買ってくれるとは思えない！　クローゼットには地味なドレスしか入ってなかったの！　こんなムカつくことってある!?」

「少し落ち着いて話そうか」

「……無理ッ！」

「ほらほら、深呼吸してください」

　ケンドールが宥めてくる。怒りで地団駄を踏んでいると「質問に答えてね」と言われて、投げかけられる質問に訳がわからないまま答える。

　ケンドールとバレンティノは「見返したいというのはそういうことですか。だから母に……」

「やっぱりね。そういうことか」と、納得するように頷いていた。

「ネルっちとリリにゃんの気持ち考えるとっ、ほんとに……悔しくて無理！」

「チェルシーは侍女に愛されているのですね」

「ほらチェルシー、泣かないで」

バレンティノがポケットからハンカチを取り出して涙と鼻水を拭う。ケンドールはチェルシーの頭をポンポンと撫でている。完全に子ども扱いされているのだが、悔しさで胸がいっぱいなチェルシーはそれどころではない。

バレンティノのハンカチで思いきりチーンと鼻をかむと後ろに控えていた侍女たちが揃って悲鳴を上げた。

涙を堪えようと唇を噛む。しかし不細工な顔をしていたのだろう。再び体を屈めて震えているバレンティノと、やれやれと言った様子で微笑んでいるケンドールが見えた。バレンティノが顔を上げると涙が滲《にじ》んでいる。笑い過ぎで涙が出たのだろう。

チェルシーは自分がバレンティノのハンカチを持っていることを思い出す。侍女が持っているピンク色のドレスの元に行き、ハンカチを取り出すとバレンティノの涙を拭うように押さえた。

しかし背が高いバレンティノはチェルシーが背伸びをしなければ届かない。プルプルと震える手をとり、ハンカチを受け取ったバレンティノは「ありがとう」と言って甘い笑みを浮かべた。

（か、かわいい……！）

母性本能をくすぐる可愛らしい笑みは胸がキュンとする。

普段キッチリしている男性のふとした柔らかい表情に弱いのは、キララとしてはいつものことである。

「チェルシー嬢、このドレスは僕が預かっておくよ」

「え……なんで？」

「このドレスは元に戻してから届けよう。そうすれば気持ちも晴れるだろう？」

バレンティノの提案にチェルシーは瞳を輝かせた。

「本当に⁉　マジでありがとう！　バレンティノ殿下、めっちゃくちゃいい人じゃん！」

「……！」

バレンティノの手を握りながら満面の笑みを浮かべてブンブンと手を振る。着替えを貸してくれたり、破れたドレスを直してくれたり至れり尽くせりである。

（チェルシーの家族があんなだからヤバいって思ったけど、王子様や貴族の人って、みんな優しいじゃん……！）

喜んでいるとバレンティノはドレスがどんなデザインだったかをチェルシーに尋ねる。チェルシーは侍女が持ってきた紙に胸元のデザインを描いていく。そして紙とドレス、パーツを渡すと侍女は丁寧に腰を折って部屋から去って行った。

「出来上がったらルーナンド侯爵邸に届けるよ」

「ありがとう！　本当に感謝だよ～」

軽いノリでバレンティノの手を両手でブンブンと振っていたチェルシーは安心感と喜びに胸が

いっぱいだった。

ふと手に握られているバレンティノのハンカチに気づく。

「これ、お化粧とか……鼻水とか色々ついちゃったし、綺麗にしてから返すね」

「ありがとう。僕もチェルシーのハンカチを綺麗にしてから返すよ」

二人でハンカチを持って笑い合う。チェルシーは涙と鼻水でドロドロになった顔を直してもらい、鏡で自分の姿を見ながらクルリと回る。イエローのドレスや選んでもらった髪飾りはキラキラと輝いていてとても華やかだ。

「バレンティノ殿下、神すぎなんですけど……っ！」

「ははっ！　いつの間にか僕が神になったけど、どうしようかケンドール」

「ふっ……！　あはは」

ケンドールもバレンティノも楽しそうに笑っている。チェルシーは二人のおかげでこの後のパーティーも無事、過ごすことができるだろう。気合いを入れるために頬を思いきり叩く。

「バレンティノ殿下もケンドール様もありがとう！」

「チェルシー嬢、殿下と呼ぶのは堅苦しいから普通に呼んでほしいな」

「そうですね。私も友人のように呼んでください。私たちもチェルシーと呼んでもいいですか？」

「え……？　アタシはいいけど。でも二人とも立場が上で超えらいでしょ？　マナー的にはよくないんじゃない？」

「もちろん人前では無理だけど、こうして誰もいないところでは今のように接してくれないかな？」

バレンティノの言葉にチェルシーは考え込んだ後にポン、と手のひらを叩いた。

「それって……つまり〝友達〟ってこと？」

二人は顔を見合わせた後に、にこやかに頷いている。チェルシーに優しく接してくれるバレンティノとケンドールと友達になれるのなら嬉しい限りだ。リリナとネルは特別だが、この世界にきてから初めての友達にチェルシーは嬉しくなる。

「じゃあアタシたちは今日から友達ね！　よろしくケン、ティノ」

「ケン……？」

「……ティノ？」

「だって二人の名前、長くて言いづらいし」

「ブッ――！」

「ははっ……！　初めて言われました」

「アタシも短く呼んでいいよ。チェーとかシーとかさ！」

机に寄りかかりながら笑いを堪えるように身悶えている二人を見て首を傾《かし》げていた。

暫《しばら》くして落ち着いたのか、二人は息を整えて起き上がる。

切り替えの早さにチェルシーが驚いていると、二人から手が差し伸べられる。

「よろしく、チェルシー」

「チェルシー、よろしくお願いいたします」

「よろしくね～」

バレンティノ、ケンドールと順番に握手をしていく。

「ところでチェルシーの喋り方って、随分と訛ってるみたいだけど」

「訛る!? アタシ訛ってないけど……やっぱそう聞こえるの!?」

「時折、聞き取れない言葉が混じりますね」

「ちがっ……！　これは現代の言葉で普通っていうか、ちょっと違うけど訛ってないから！」

公爵夫人にも言われたが、どうやらキラランとしての喋り方は、この世界ではどこかの田舎の喋り方らしい。訛っていると思われるのは釈然としないが、変な喋り方、と言われるよりはマシだろうか。

こうしてバレンティノとケンドールと新たに友達になった。二人と部屋で話しながら盛り上がっていると、控えめなノックの音が聞こえる。入ってきたのは先ほど可愛いと思っていたズボンを履いた女の子だった。

「あ、あのっ、兄上……そろそろ会場に戻った方が」

何かボソボソと話している。チェルシーが視線を送るとビクリと肩を揺らす。

「セオドア、わざわざ呼びに来てくれたんだね。ありがとう」

「あ……いえ」

セオドアという名前を聞いてチェルシーはあることを思い出す。

（セオドア……？　ネルっちとリリにゃんが〝可愛い〟って言ってた王子様がいたような。カタカナの名前って覚えづらいけど、ティノを兄上って言っていたし、間違いないよね？）

ズボンを履いた女の子ではなく、彼も王子様だったようだ。

バレンティノよりは少し暗いハニーベージュの髪は肩までの長さで結われており前髪も長めだ。体の線も細く猫背でオドオドした仕草であることが彼を余計に小さく見せている。

「セオドア、紹介するよ。チェルシー・ルーナンドだ。先ほど友達になったんだよ。確かセオドアと同じ年だったよね？」

「兄上たちの、とっ、友達……!?」

セオドアは驚いたように声を上げ、チェルシーの視線を感じたのか再び体を縮めてしまう。その間にチェルシーはお互いの年齢差を必死で思い出す。セオドアとチェルシーは十六歳だ。ジェニファーは十五歳でバレンティノとケンドール、ダミアンは十八歳。チェルシーでもわかるほど明確な、王家に合わせて産まれた世代だ。

チェルシーはセオドアの前に行き、握手を求めるように手を出す。

「よろしく！　セオって呼んでもいい？」

「……！」

「同い年なんでしょ？　よろしくね、セオ」

「は、はい……」

控えめに伸びてきたセオドアの手を掴《つか》んでブンブンと振った。ほんのり頬を赤く染めて戸惑っているセオドアは本当に女の子のように可愛らしい。

「セオってめちゃくちゃ可愛いね！」

「ぁ……」

セオドアの顔が曇ったことにも気づかずにチェルシーは言葉を続けた。

「アタシ、可愛い子って大好き！」

「え……？」

「もしかして、セオはかっこいい方が好きだった？」

「あっ……うん」

「まぁ、そうだよね。男の子だし。アタシにも超可愛い幼馴染がいたんだけどね、可愛いって言う度にいっつも怒られててさぁ」

「チェルシーの……幼馴染？」

「昔は泣き虫で小さくて女の子みたいにすっごく可愛かったんだけど、あっという間に男らしくなってさ。背は高くないけど筋肉ムキムキで意地悪だし、今は全然可愛くないの」

「………」

「だからきっとセオもなろうと思えば、すぐに男らしくなるよ。背も高いし、可愛いけど綺麗だしね！」

保育園の時から一緒だった幼馴染の姿を思い出す。いつも女の子みたいだと虐められていたが「アタシが守ってあげるから」と言って、いじめっ子たちを追い払っていた。

しかしいつの間にか男らしくなり今では腹立たしいことばかり言ってくる。

「チェルシーは幼馴染がいるの？　どこの家の令息だろう」

「へ……？」

「ルーナンド侯爵家と仲のいい家はどこでしたっけ？」

「これはキララの話で……！」

「ああ、なるほど。物語の話ですね」

中身は〝キララ〟で〝チェルシー〟ではないと説明しても信じてもらえないというのは、リリナとネルの時に実証済みである。バレンティノですら信じてはくれなかった。どうしようかと迷っているとセオドアが瞳を輝かせながらこちらを見ていることに気づく。

「……ボクも男らしくなれるのかな？」

先ほどよりも大きくなった声と明るくなったセオドアの表情を見て、ケンドールとバレンティノも驚いているようだ。

「男らしく、なれたらいいなって……思っていて」

尻すぼみになっていく声。俯《うつむ》いたセオドアの顔は真っ赤になっている。しかしチェルシーはあっけらかんとして答えた。

「なれるに決まってんじゃん。なりたい自分になろうよ！　きっと楽しいよ」

「う、うん！」

「アタシもさ、色々言われるけど自分のお気に入りの格好でお出かけする時が一番好きなの！だってアタシの『可愛い』はアタシだけのものでしょう？」

そう言って笑うと、セオドアは顔を上げてチェルシーに問いかける。

「ボクもがんばれば兄上やケンドール兄さんみたいにかっこよくなれるかな⁉」

「セオドア……」

隣からバレンティノの声が聞こえた。チェルシーはその言葉を聞いて首を傾《かし》げる。

「憧れの人にはいくら頑張ってもなれないよ。別人だもん」

「……………やっぱり」

「でもセオにはセオのよさがあるんじゃんか！」

「ボクの、よさ……？」

「そうそう！　人生は一度きりだし、折角なら好きだと思える自分になろうよ。アタシもさぁ、モデルのユユピに超憧れててあんなに顔ちっちゃくなりたいとか目がパッチリになりたいーとか思ってるけど無理だもん！　ユユピじゃないし」

「ゆゆぴ……？」

「そう！　でも真似したりしていくうちに、自分のここがいいって部分に気づくの！」

チェルシーとセオドアが楽しそうに話している姿を見たバレンティノとケンドールは空いた口が塞がらなかった。

しかし、そんなことはまったく気にせずにチェルシーは大好きなモデルの話を続ける。セオドアはポツリと呟いた。

「今からでも間に合うのかな？」

チェルシーはキョトンとした後にニコリと笑う。

「何言ってんの！　今が一番新しい自分なんだよ？」

「今が一番新しい……自分？」

「今やらなきゃ、絶対後悔する。アタシもずっとそうだったから……」

「チェルシー？」

チェルシーの顔が珍しく曇るがすぐに元の表情に戻った。

「ううん、なんでもないっ！　まずは髪を切ったり体を鍛えたりしてみたら？」

「そ、そうだね！」

「それと背筋もグッと伸ばして、顔あげなくちゃ！」

「い、痛いよ！　チェルシー」

「アタシと一緒にがんばろー！」

軽いノリのチェルシーがセオドアを巻き込んだ形だが、彼はとても嬉しそうに顔を綻ばせている。

そんな時、扉からこっそりと顔を覗かせる執事を見たバレンティノが二人に声を掛ける。

呼びに来たはずなのにチェルシーと盛り上がり目的を忘れていた。

「チェルシー、セオドア、そろそろ会場に戻ろうか」

「あっ、そうだ！　まだやることがあったんだ。忘れてた」

「ふふっ、今度は何をするのですか？」

「えっと……ケンには会えたから、今度は公爵令嬢のスサナ様に挨拶しないといけないんだよね！」

「……スサナか」

何故かバレンティノとセオドアの顔が曇る。チェルシーはその理由がわからず首を傾《かし》げた。

「スサナは私の幼馴染ですから紹介しますよ」

「本当!?　ありがとう、ケン！　助かるー！」

「ふふっ、いえいえ」

そして会場に戻るために長い長い廊下を歩いていく。

「もうすぐ会場だから切り替えていこうね」

「任せて！」

チェルシーはバレンティノの声に力強く頷いてからお茶会の会場に戻る。

四人で現れたことに会場は騒然となっていたが、その理由もわからずケンドールの後についていきスサナの元に向かう。

その途中で令嬢たちからジリジリとした視線を感じていたが、チェルシーは負けじと睨み返す。するとむこうからサッと逸《そ》らされた視線にフンと荒い鼻息を吐く。

「スサナ、今大丈夫でしょうか？」

「あら、ケンドールお兄様。どうされましたか？」

バサリと扇子を広げたスサナのクールビューティな見た目と凛とした美人オーラに圧倒されてしまう。しかし雰囲気が親友のラブちゃんに似ていることにチェルシーは親近感を覚えた。

「そちらのご令嬢は……？」

「はじめまして。チェルシー・ルーナンドと申します」

「あぁ、あなたがチェルシーね。メイヴ公爵夫人から聞いているわ！　こちらにいらして」

「ありがとうございます。スサナ様、失礼いたします」

こんなところでもメイヴ公爵夫人の気遣いのおかげでチェルシーは順調に目標を達成することができている。なんなくスサナを含めた数人の令嬢と談笑することができた。

大半はケンドールやバレンティノ、令息たちの話だったが、話の内容がよくわからないものでも、笑顔で相槌を打っていれば、この人数であれば受け流せる。

しかも、スサナがチェルシーに配慮してさりげなく話題を変えてくれるのだ。彼女の気配りにチェルシーは感動していた。

スサナの所作が百点だとするならばメイヴ公爵夫人がチェルシーを『おまけの合格』だと言っていた意味がよくわかるような気がした。スサナと話していくうちにメイヴ公爵夫人の地獄の特訓を潜り抜けた同志としてすぐに意気投合する。

他の令嬢たちはその話の内容に頬を引き攣らせている。

王妃の目に止まり、最後までスサナたちと共に過ごしたことで、チェルシーの評判は鰻登りになっているとも知らずに無事お茶会を終えることができたのだった。

帰りの馬車に乗り込む前、チェルシーはケンドールとバレンティノ、セオドアとスサナと別れを惜しんでいた。

特にバレンティノは最後まで大丈夫なのかと心配してくれていたがチェルシーは平気だと頷く。

ダミアンとジェニファーのことを考えると憂鬱だがリリナとネルに話したいことがたくさんあった。

馬車の中には誰もいない。御者になにがあったのか聞くとチェルシーがドレスを着替えている間に、ダミアンとジェニファーはチェルシーを置いて侯爵邸に帰ったらしい。そして今、わざわざチェルシーのためにまた迎えに来てくれたそうだ。笑顔でお礼を言うと御者は嬉しそうに視線を逸《そ》らして頷いている。

チェルシーは馬車に揺られながら眠気と戦っていた。視界がぼんやりしたりクリアになったりを繰り返している。

（はぁ……マジで疲れたぁ）

あっという間にルーナンド侯爵邸に着いて再び御者にお礼を言い、コルセットで痛む腹部を押さえながらもフラリフラリと侯爵邸の中へ歩いていく。

玄関で心配そうに外の様子を窺《うかが》っていたネルとリリナが出迎えてくれた。チェルシーのことをずっと気にかけてくれていたのだろうか。二人の顔を見ると一気に安心感が込み上げる。ドレスが変わったことでネルとリリナが何かを察したようだ。

「チェルシーお嬢様、大丈夫でしたか？」

そう問われてバレンティノやケンドール、スサナのことを話そうとした時だった。

「――チェルシー、こんな時間まで何をしていたんだッ！」

「……!?」

すごい勢いでこちらに突進してくるチェルシーの父と母の姿に目を見開く。

「ルーナンド侯爵家に泥を塗るようなことをするなんて信じられないわ！」

「なにそれ!?　アタシはそんなことっ」

「言い訳はいらないっ！」

いつものようにチェルシーの言葉は言い終わる前に無視である。チェルシーが悪いと決めつけるようだ。

（頭固くてむかつく……またあの二人がなんか言ったんだ。怒る前に話くらい聞いてくれたっていいのにっ！）

すると両親の後ろから余裕の表情の二人が現れる。ジェニファーとダミアンは着替えたようだ。そしてジェニファーの真っ赤に腫れた瞼を見て嫌な予感が頭を過《よ》ぎる。

ジェニファーはチェルシーのドレスを見た瞬間に表情がガラリと変わり愕然《がくぜん》としている。

「嘘っ、まさかあの後ドレスを……!?」

どうやらチェルシーがドレスを替えたことが気になるようだ。その後ろではジェニファー付き侍女たちが聞き耳を立ててコソコソと何かを話している。

「たしかにそうだな。なんだそのドレスは？」

「これはバレンティノ殿下に……っ！」

「そんな嘘は言わなくていい！　ダミアンとジェニファーからお前のやらかしについて話は聞いている」

「嘘をついて誤魔化そうとしても無駄よ」

「はい……？」

チェルシーはその言葉が予想外で思わず聞き返してしまう。

「公の場でジェニファーに嫌がらせをして、ダミアンに恥をかかせたそうじゃないか！」

ルーナンド侯爵と夫人は怒りに顔を歪めている。言い返そうとしたチェルシーだったが、溜息を吐いてから淑女モードに切り替える。

「わたくしはジェニファーに嫌がらせをしておりませんし、ダミアン様に恥をかかせてはおりませんわ」

いつもと様子が違うチェルシーに二人は一瞬だけ怯んだが、すぐに元に戻る。

「だが着て行ったドレスと違うではないか……！　一体、誰に迷惑をかけたんだ!?」

「今までルーナンド侯爵家のために黙っていようと思いましたが、お父様とお母様に申し上げなくてはっ！　チェルシーお姉様がご迷惑を掛けたのはバレンティノ殿下ですわ」

ジェニファーはそう言って目頭を押さえている。

「なんだと……？　ドレスを借りた理由はなんだ」

「きっとバレンティノ殿下に無理矢理近づくためだと思います！」

「なんて卑怯なやり方なの……！」

「最近態度がおかしいと思ったら、こんなことをするとは！」

ジェニファーの唇が弧を描く。ギロリと睨みつけるとダミアンに助けを求めるように隠れてしまう。

（まだアタシが反論しないとか思ってんの？）

どうやらこの一家は控えめで大人しいチェルシーだという思い込みがまだ消えないようだ。バレンティノの名前を聞いて騒ぎ出すルーナンド侯爵たちの金切り声に耳を塞ぎたくなった。

「なんとか言えっ！　チェルシーッ」

その言葉にチェルシーは大きく息を吸う。自分でも性格が悪いと思うが、リリナとネルのドレスを壊した報復とばかりに口を開く。

「本当は誰が迷惑を掛けたのか、嘘をつかない方がいいと思いますが。目撃者はたくさんいらっしゃいますわ。それで逃れられるとでも？」

「……っ」

そう言ってチェルシーはダミアンをまっすぐに見据える。ダミアンはぐっと唇を噛んだ。この悪あがきは何のためなのか問いかけたくなる。

そのまま、ドレスについてはダミアンに公の場で胸元を掴《つか》まれた時に飾りが取れてしまったのだと説明した。

「まさかダミアンが……？」

「嘘だと思われるなら確認してみればいいのではないでしょうか？　見ていた方はたくさんいらっしゃいますから」

笑顔で言ったチェルシーに対してダミアンからギリギリと歯が擦《こす》れる音が聞こえてくる。黙ってやり過ごす選択肢もあったが、チェルシーは真正面からぶつかることを選んだ。

「ダ、ダミアンがそんなことをするわけないでしょう？」

「そうだな、嘘をつくのはやめてくれ！」

ダミアンの話と違う、と言われないあたり、具体的な嘘は言われていないようだ。家に帰ってひたすら中身のないチェルシーの愚痴を吹き込んでいたのかと思うと腹立たしい。

「ジェニファー！　ダミアンが粗相をしたというのは本当か!?」

「ありえないわよね？　夫人会でもそのような話は出ないわよね？」

「……それは、そのっ」

「ジェニファー……？」

ジェニファーは歯切れの悪い返事を返す。その表情を見てルーナンド侯爵と夫人は珍しく顔を見合わせて首を傾《かし》げている。

「公の場で暴言を吐かれ、ドレスを引き千切られて蹲っているところをバレンティノ殿下が助けてくださいました。ハンカチを貸してくださったのでこちらを見ていただけ……」

「――ちょっと待てっ！」

我慢できなかったのかダミアンが叫ぶ。

「それは全部嘘だっ！　確かに、ドレスにたまたま触れて壊してしまったが、元はと言えばジェニファーのチャンスを奪い、注目を集めたいからとメイヴ公爵夫人にマナーを教わったのだと嘘を言ったからだろう!?」

「メイヴ公爵夫人!?」

「……っ」

先ほどから嘘ばかりで鬱陶しいことこの上ない。本当の嘘つきはどちらか考えたらすぐにわかることだった。それにバレンティノが『僕が保証しよう』と肯定したのは聞こえていなかったのだろうか。

「チェルシー、それは本当か⁉」

しかし両親は珍しくダミアンを疑っているようだ。それもそのはず、チェルシーが取り出したバレンティノのハンカチには王家の家紋が刺繍されている。明らかに質がよく高級感のあるドレスのことも大きく見ているのだろう。

「はい。わたくしを馬鹿にしてくる家族を見返すために、隠れてお手紙を送りましたら丁寧に教えてくださいました。心意気を買ってくださって無償で」

「…………⁉」

「な、なにを！」

「嘘はついておりません。メイヴ公爵夫人に直接、確認していただいても結構です……証拠はわたくし自身ですわ」

そう言ってチェルシーは家族の前でカーテシーをして見せる。以前のチェルシーならば、家族の前でこうして自分の意見を述べることも、ましてや反論もできなかっただろう。背筋を伸ばし、まっすぐに相手の目を見て話す。すべてメイヴ公爵夫人が教えてくれたことだ。

「ルーナンド侯爵家の名誉と仰るのならば、今すぐにメイヴ公爵夫人にお礼をお願いいたしますわ。

わたくしにはお花を差し上げることしかできませんでしたから」

「なん、だと……？」

「それからリリナとネルもメイヴ公爵家の侍女長に指導を受けております。今後、二人を馬鹿にすることがあればわたくしが許しませんわ」

その言葉にジェニファーの侍女たちの顔が歪む。

「ダミアンお兄様に破られたドレスも、バレンティノ殿下が直してくださり、侯爵家に届ける手配をしてくださいました」

「嘘、うそよ……！」

「残念ながら本当ですわ。あなたたちが恥を晒《さら》して逃げ帰った後に、わたくしはバレンティノ殿下とケンドール様に助けていただきましたの」

「なっ……！」

「ケンドール様が……？　なんでっ」

「ドレスやアクセサリー、この髪飾りも選んでいただきました。セオドア殿下やスサナ様とも仲良くしていただきましたわ。お友達もたくさんできて有意義な時間でした」

「……っ」

「何か文句がありまして？」

チェルシーの言葉にわかりやすいほどに周囲はざわついている。今まで自分の意見を言えずに大人しくしていたチェルシーは、お茶会でもパーティーでも誰かに話しかけることなんて滅多になかった。

　しかし今回は誰もが羨む錚々たるメンバーを一気に味方につけた。両親はありえないくらいに目を見開いている。ダミアンは肩を振るわせチェルシーを睨みつけてくる。ジェニファーの表情は今まで見たことないほどに歪んでいた。その後ろでジェニファー付き侍女たちはコソコソと何かを話しているようだ。

（……ケンとティノって、やっぱり偉いんだぁ。まぁ、イケメンだしね）

　独学での勉強でしか知らなかった王家と公爵家の威光を実感する。そしてバレンティノから借りたハンカチをあえて皆の前でリリナに渡した。

「リリナ、バレンティノ殿下からお借りしたハンカチを綺麗にしてくださいね」

「……は、はい！」

「ネル、バレンティノ殿下とケンドール様が選んでくださった髪飾りと用意してくださったドレスもお返ししたいの。綺麗にしてちょうだいね」

「もちろんです」

　ルーナンド侯爵たちはチェルシーの話が理解できないのか、呆然としたまま動かない。ここにいる誰もがチェルシーの功績に言葉を失っていた。

「リリナ、ネル。行きましょう」

「かしこまりました」

「はい、チェルシーお嬢様」

誇らしげに歩くネルとリリナとは違いジェニファー付き侍女たちは悔しそうに俯《うつむ》いている。静まり返る部屋の中……皆、色んな表情を浮かべているが、チェルシーはとてもスッキリとした気分だった。背筋を伸ばしながらリリナとネルを連れて部屋から出て行く。

そして自室に入った瞬間……

「――ネルっち、リリにゃんっ！　すぐにコルセット取ってぇえぇっ」

「お、お嬢様ぁ!?」

「ぐるぢいぃぃっ！　あぁぁあぁ……っ！」

「大丈夫ですか！　お気を確かにっ」

「お腹が苦しいよぉ！」

我慢の限界を超えていたチェルシーは二人にコルセットを外してもらう。あまりの解放感に涙が出そうになり暫《しばら》く放心状態だった。

そしてネルとリリナにドレスを壊したことに頭を下げると二人は「チェルシーお嬢様のせいではありません」と言ってくれた。

「ごめんね……！　折角、作ってもらったのに壊されちゃった。もっと気をつけていればあんなことにならなかったのに」

「お嬢様は悪くないですから。私たちのために頑張ってくださったのですね」

「ありがとうございます。チェルシーお嬢様」

「ネルっち、リリにゃん……！」

それを聞いて目には涙が浮かぶ。三人で抱き合って今日の成功を喜んだ。そして次の日、更なる波乱が巻き起こるとも知らずにチェルシーは爆睡したのだった。

三章

ぼんやりと視界に映るのは真っ白な天井だった。見慣れないはずの景色もこれだけ見ていれば次第に日常になっていく。

(アタシ、いつになったらラブちゃんと渋谷で買い物できるんだろう……)

そう思いながら瞬きを繰り返していた。今日は昨日の疲れが残っていたせいか、かなり体が重たく感じる。何よりコルセットをしていた腹部が筋肉痛で刺すように痛んだ。

上半身を起こして欠伸をしながら辺りを見回すと、いつもより多い人影に目を凝らす。徐々にハッキリしてくる視界。チェルシーは意味のわからない状況に固まっていた。

「おはようございます。チェルシーお嬢様」

「よくお眠りでしたね」

「どうぞ、こちらを召し上がってください！」

知らない声にまだ夢の中にいるのかもしれないと再び目を擦《こす》る。目の前で嬉しそうに手を合わせている侍女はネルとリリナではなかった。ワゴンの上には意味がわからないくらい豪華な朝食が置いてある。ぼんやりとする視界で侍女たちに視線を戻すと、どこか見覚えのある顔にチェルシーは思いきり眉を顰《ひそ》めた。

「なんでここにいるの……？」

「今日から私たちがチェルシーお嬢様のお世話をいたしますから！」

「なんで？」

「その方がチェルシーお嬢様のためになるからです」

「あの二人よりも私たちの方がいいに決まってます！」

「そうですわ！　私たちが今日からチェルシーお嬢様のお手伝いをいたします」

「ちょっと待って、意味わかんない」

寝起きでボーっとしているが、目の前にいるのは間違いなくジェニファーの侍女たちではないだろうか。そんな時、扉の方から控えめなノックの音が聞こえた。

「おはようございます、チェルシーお嬢様」

「ゆっくり休めましたか？」

「ネルっち、リリにゃんっ！」

扉を開けて入ってきたのは笑顔のネルとリリナだった。しかし部屋にいるジェニファーの侍女たちの姿を見て驚愕している。

「なっ……！」

「どうしてここに!?」

驚くのも無理はないだろう。チェルシーにも何故ジェニファーの侍女がここにいるのかまったく理解できない。

「あなたたちは用済みよ。今日からジェニファーお嬢様のところに行ってくれる？」

「……なんですって？」

「今日から私たちがチェルシーお嬢様を担当するわ」

「さっさと出て行って」

ジェニファーの侍女たちの言葉にリリナとネルは怒りからか肩を震わせている。それも当然だろう。あれだけ〝チェルシーの侍女〟だということを馬鹿にしていたのに、いきなりそう言われて腹が立つに決まっている。

「いい加減にしてくださいっ！」

「勝手なことを言わないで！」

リリナとネルが声を上げた。しかし多勢に無勢と言わんばかりにクスクスと笑い声が響く。

「紅茶しか持ってこないなんて、ほんとに使えないわ」

「……！」

「本当にチェルシーお嬢様のことを思って動いているのかしら？」

なにやらチェルシー抜きで勝手に話が進んでいる。それに昨日、夜食をもらったため朝ごはんはいらないとリリナとネルに言ったのはチェルシー自身だ。昨日の疲れが残っていることもあり、チェルシーから思ったよりも低い声が出る。

「……出ていってくんない？」

「ほら、チェルシーお嬢様だってそう言っているわ」

「私たちの方がいいに決まっているじゃない！」

「違うから。てかさ、アンタたちのことに決まってんじゃん」

「え……？」

「私たち？　そんなわけないわよ」

ジェニファーの侍女たちはその言葉に動揺しているようだ。しかしあれだけの態度を取っていて、どんな理由があるか知らないが、いきなり手の平を返したような態度に違和感を覚えないわけがないだろう。

「何、当然のように決めてんの？　アタシの意志を無視しないで」

「……ですが、私たちの方がいいに決まっております！」

「そうです！　そこの二人よりも素晴らしい働きをしますから」

当然のように言っているジェニファーの侍女たちはこちらの言葉を聞く気はないようだ。チェルシーは重たい溜息を吐いた。そして無駄だとは思ったがチェルシーは吐き捨てるように言う。

「アタシはネルっちとリリにゃんが好きなの！」

「そんな使えない侍女は気にしなくていいですから」

「チェルシーお嬢様もそう思ってますよね？　いつも羨ましそうにしていたでしょう？」

何を言っても屈折した解釈をされてしまうことに苛立ちを感じる。それに加えてネルとリリナを馬鹿にする言葉を言っているのはどうしても許せない。やはりここはハッキリと言った方がいいだろう。

「今まで散々、チェルシーのことを馬鹿にしておいて今更何もないように振る舞うな！」

「……！」

「何があったか知らないけど、コロコロと態度変える奴、マジで無理だから。アタシの侍女はリリにゃんとネルっちだけ！」

チェルシーの言葉にジェニファーの侍女たちは悔しそうに顔を歪めながら部屋から去っていく。

「やっぱり侍女も侍女なら主人も主人よ」

「ほんとありえない。ここまでしてやってるのに」

「馬鹿ね……！　後悔するんだから」

そんな捨て台詞を吐いて、パタパタと足音を立てながら去って行く。チェルシーは手で追い払ってから立ち上がり、苛立ちを込めて自分で扉を閉める。朝から最悪な気分だった。

扉の外から小さな声で「どうしよう」「今からジェニファーお嬢様のところに行く？」「行くしかないじゃない！」と相談している声が聞こえたが、チェルシーにとっては関係ない話だ。

リリナとネルがチェルシーの元に駆け寄ってくる。

「チェルシーお嬢様、ありがとうございます……！」

「かっこよかったです！」

「当然！　アタシの侍女はリリにゃんとネルっちだけだもん」

感動から口元を手で押さえ涙ぐんでいるリリナとネルに問いかける。

「でも、なんでアイツら急に態度を変えたの？」

その言葉に二人の感動の涙が引いた。唖然《あぜん》としている。

「わかっていなかったのですか⁉」

「うん、全然わかんない。朝起きたら目の前にいたの。怖すぎて無理！」

「「………」」

それを聞いた二人は何故か先ほどよりも嬉しそうにしている。

チェルシーが首を傾《かし》げていると、ジェニファーの侍女たちが押し寄せてきた理由を教えてくれた。

どうやらお茶会で何も成果が出せなかったジェニファーや失態を晒《さら》したダミアンよりも、ケンドールとバレンティノと接点を持ったチェルシーについた方がいいと判断したため、あのような行動をとったらしい。

「つまり……アタシの方が利用できそうって思われたってこと？」

「そうだと思います」

「何それ、信じられない！」

「でもチェルシーお嬢様は私たちがいいと言ってくれて嬉しかったです」

「ありがとうございます……！」

「当たり前じゃん！　てか、マジでアイツら好き放題しすぎじゃない？　腹立つんだけど」

「ジェニファーお嬢様の侍女ですから……」

「そんなのおかしいよ！」

チェルシーは顔を歪めたままベッドに座る。紅茶を啜りながらホッと一息ついた。

「リリにゃんもネルっちも、またアイツらになんか言われたらすぐに言ってね！」

「ふふっ、お嬢様がそう言ってくださって嬉しいです」

「私たちも負けないようにチェルシーお嬢様のために変わりますから！」

今日は特にやることもなかったためゴロゴロしていると、珍しくチェルシーの母親であるルーナンド侯爵夫人が気まずそうな顔をして訪ねてきた。話の内容はメイヴ公爵夫人のことだ。どうやら昨日のことが相当気になるようで探り探り聞いてくる。

昨日も言った通り、講師を頼んだ理由を話していく。ちゃんとメイヴ公爵夫人にお礼をして欲しいからだ。しかしルーナンド侯爵夫人の表情は青ざめていった。

「メイヴ公爵夫人に、どうしてそんなことを言ったのよ！　家族に馬鹿にされていたなんて……そんなっ、私たちが悪く思われるような言い方ッ」

「だって事実じゃん。実際、チェルシーは肩身の狭い思いをしてたし怒られすぎて自信なくなったんじゃないの？」

「そ、そんなことないわ！　ただ、他の二人よりもあなたは劣っていたから……仕方なく」

どんどん小さくなっていく声。チェルシーはまっすぐに見つめながら話を聞いていた。

「仕方なくって何……？」

「チェルシーには、よくなって欲しいと思っていたからっ！」

「他の二人のように？」

「そ、そうよ！　ダミアンとジェニファーは私たちの理想なの！」

「そう。で、チェルシーの評判は今回よくなったけど、チェルシーに対する態度がどう変わるわけ？」

「よくなるどころかひどくなっているわ。今すぐその態度を直しなさいと……！」

「はぁ……」

これ以上話したところで、染みついたチェルシーに対する態度は変わらないだろうと悟る。終始こんな調子だったが、結局はメイヴ公爵夫人に「お手紙とお礼の品を贈るから、あなたも手紙を書きなさい」と言われたのだった。

もちろん言われなくても手紙は送るつもりだったが、命令されながら言われると腹が立つ。とはいえメイヴ公爵夫人へのお礼ができそうなので、とりあえず一安心である。そして帰ろうとするルーナンド侯爵夫人に先ほど、チェルシーの部屋に押しかけてきたジェニファーの侍女たちについて話す。

「それからジェニファーの侍女たちがアタシの世話をするって部屋に乗り込んできたけど、なんでこんなに好き放題してんの？」

「なんですって……⁉」

「ちゃんと邸内のことは把握しておいた方がいいんじゃない？」

「……っ！　いいからこれ以上、勝手なことはしないでちょうだい」

「それって何？　どういう意味で言ってんの？」

「だ、だからそれは……」

都合の悪いことはチェルシーの問題を持ち出して終わり。そんなやり方でしか、この人たちは話せないのだろうか。

「話になんない」と言うと、ルーナンド侯爵夫人は悔しそうに去っていく。自分が無茶苦茶な理論で押し通そうとしている自覚があって引き際がわかっているだけ、ダミアンとジェニファーよりマシだと思うべきだろうか。

（……この家、マジで無理なんですけど）

そんなことを思いながら、チェルシーは冷めた紅茶を啜った。


その後、両親が用意したお礼と共に送る手紙はチェックされて書き直しを命じられた。苛立ちを抱えて上辺だけの手紙は送ったが、メイヴ公爵夫人には改めて個別に手紙を書くことにした。

それから数日後、メイヴ公爵家の家紋が押してある封筒が届く。手紙の内容を見て両親は青褪めていた。

それはチェルシーに対するお礼と正式にケンドールがルーナンド侯爵邸に伺いたいとの申し出だった。またその時に手紙の返信をケンドールに預けると書いてある。

封筒にはもう一枚、ケンドールからチェルシーへの簡単なメモが入っていた。さすがにこれは両親が見ることなくチェルシーへと渡されたが、その顔は不満そうで、内容が気になって仕方ないといった様子だった。

そしてたまたま居合わせたジェニファーは唖然《あぜん》としてこちらを見ていたが、次第に不機嫌になっていく。ジェニファーの侍女たちはいつもにも増して羨ましそうにチェルシーを見ていた。

チェルシーの両親が持っている手紙の内容をこっそり見てみると、チェルシーへの感謝が綴《つづ》られていた。どうやらあの場でメイヴ公爵夫人のことを話題に出したおかげか、たくさんの申し出がきているらしい。チェルシーの振る舞いを見てのことだろうと、メイヴ公爵夫人に褒められて嬉しくなった。

（よかった！　これでメイヴ公爵夫人は好きなことを諦めなくて済むよね……！）

それにケンドールに再び会えるタイミングがあってよかったと喜んでいた。

すると両親はチェルシーを見て、気まずそうに視線を逸《そ》らしながら「何か必要なものがあったら言いなさい」とポツリと呟いた。そして「何を？」と問いかける前に去って行ってしまい、チェルシーは首を傾《かし》げていた。

チェルシーはリリナとネルと部屋に戻りながら考えていた。

「ねぇねぇ、必要なものって何？」

「ドレスとかアクセサリーのことではないでしょうか？」

「これを機にお嬢様の好きな色のドレスに買い替えていただきましょう。これはチャンスですよ！」

「なるほど！」

ネルとリリナに言われるがままチェルシーは頷いた。そのまま手紙を見直せば、ケンドールからの手紙の最後の文には『サプライズがあるよ』と書かれている。

サプライズの内容が気にならないわけではないが、それよりも友達が遊びに来てくれることにワクワクした気持ちだった。断片的な記憶や日記の内容から察するに、今までチェルシーは仲のいい友達はいなかったようだ。仲良くなりたいと招待した令嬢も、ダミアンやジェニファーが間に入ってくることで、関係が深くなる前にチェルシーの元を去っていく。何の意図があり嫌がらせをしているかは不明だが、チェルシーの自信がなくなった原因はこういう積み重ねがあったからだろう。それもあって、友達になったばかりのケンドールが会いに来てくれるのは素直に嬉しかった。

（楽しみだな～）

リリナとネルと相談しながら、どんなドレスやアクセサリーがチェルシーに似合うのかを考えて希望を伝える。数日後、不満そうな両親が用意してくれたドレスの箱が山のように積み上がっていた。

「希望通りのものを買ってきたわ。これでいいか確認なさい」

「この中から？」

「……そうだ」

「……全部よ」

「こんなにたくさんあるからジェニファーのもあるんでしょう？　何着、選んでいいの？」

「どういうこと？」

「今回は、すべてがチェルシーのものだ」

まるで褒美とも言わんばかりの大量のドレスやアクセサリー。気まずそうな表情をしているのは今までチェルシーを信じなかった申し訳なさからだろうか。

いつもはジェニファーへの五つくらいの贈り物に対して、チェルシーが一つだった。チェルシーが遠慮して強請らなかったのだが、いつも地味なドレスが手元に来るのは、ジェニファーのせいだったのだろう。

そして先ほどから背中に刺すような視線を感じていた。少し離れた場所で鬼のような表情でチェルシーを睨みつけているジェニファーだ。壁に爪が食い込んでいて指先が白くなっている。しかし両親の前ではいい子に振る舞っているため、文句を言うことができないのだろう。

今まではすべてジェニファー優先だったのに、チェルシーに目が向いている。そしてチェルシーが注目を集めているこの状況が気に入らないのか唇が歪むほどに噛み締めている。

まるでこんな屈辱を受けるのは初めてだと言わんばかりだ。

今までが平等ではなかっただけだというのに、チェルシーがドレスをもらっただけでここまで憎しみの視線を送られるとは思わなかった。

この間のお茶会から少しずつではあるが、家族関係が変化しているような気がした。あの日からダミアンと顔を合わせることはなく部屋に閉じこもっているらしい。最近ではジェニファーとも一緒にいるところを見かけない。

ジェニファーはパーティーの次の日から侍女たちとの関係がうまくいっていないようだ。今も後ろでは「やっぱりチェルシーお嬢様の方が……」と言いながら羨ましそうにこちらを見ている。

社交界には、あの時のダミアンの行動やバレンティノとの会話の内容が広まりつつあるらしく、両親も動かざるを得なくなったようだ。忙しそうにしている姿を最近、見掛けるようになった。

結果、最近のチェルシーは邸内では自由に振る舞っていた。なにかとうるさい家族たちに絡まれないのはありがたいことではあるが、チェルシーは今から何かよくないことが起こるような気がしていた。

それに時間に余裕ができると、元の世界のことが気になってくる。今更夢だとはもう思わないが、帰ることもできないのだろうか。何かヒントがないかとチェルシーの部屋を漁ってみるものの何も見つからない。

（アタシがチェルシーで、チェルシーはアタシになったのかな。今なにしているんだろう……？アタシは楽しんでるけど、チェルシーは平気かな……？）

色々な可能性を考えてはみるが、どうにもできないので考えても仕方ないと気分を切り替える。

（ま、とりあえずは今を楽しむしかないよねっ）

それこそいつか夢から醒《さ》めるように元に戻れるだろうと、この時はまだ呑気な気持ちでいたのだった。

そしてケンドールがルーナンド侯爵邸を訪ねてくる日がやってきた。

チェルシーはプレゼント作りに勤しんでいたが、準備をする時間だとネルとリリナに部屋まで引きずられていく。

二人はお茶会の時のようにチェルシーを着飾るために気合十分だった。

ケンドールの雰囲気に合わせてか、落ち着いて知的に見えるようにとドレスもシンプルで髪型はハーフアップにしていた。

本当はもっと髪を巻いてほしいしメイクも濃い方がいいと抗議したが「私たちに任せてくださいっ!」「チェルシーお嬢様の気持ちはよくわかっておりますから」とうまく受け流されてしまう。

どうやら二人はチェルシーの扱いに慣れてきたようだ。頬をむっと膨らませていると、お菓子や紅茶で誤魔化されてしまう。そうしているうちに時間となり、チェルシーは上機嫌で門まで迎えにいく。

するとチェルシーの両親が疲れた顔をして立っていた。馬車からケンドールが降りてきた瞬間に、後ろにいるジェニファーの侍女たちから歓声が上がる。

(呼ばれてないのに、こんなとこで何してんの……?)

そんな疑問はケンドールの後ろから降りてきた人物を見たことで吹き飛んでしまう。チェルシー以外は皆、愕然《がくぜん》として動けなくなっていた。

「あ、ティノじゃん! 久しぶり〜」

「やぁ、チェルシー。今日も元気そうだね」

「ケンもわざわざありがとー! 早く先生の手紙ちょうだい。今日までずっと楽しみにしてたんだよね」

「そんなに急がなくてもすぐに渡しますから落ち着いてください」

ケンドールの元へ行き、手紙を受け取ろうとするとチェルシーは凄い勢いでルーナンド侯爵に口を塞がれてしまう。そして無理矢理頭を下げるように押される。

コルセットが胸元に刺さって「おえっ！」と汚い声がチェルシーから漏れた。

「しっ、失礼いたしました！」

「娘がとんだご無礼を……申し訳ございませんっ！　バレンティノ殿下」

上からチェルシーの両親の声が聞こえたが、力で押さえ込まれてそれどころではない。前に倒れそうになるのを必死に耐えていると、バレンティノから声が掛かる。

「ルーナンド侯爵、チェルシーから手を離してください」

「で、ですが……」

「我々がチェルシーにこのままでいいと頼んでいるのです。チェルシーが苦しそうなので早く手を離してくださいませんか？」

バレンティノの低い声にルーナンド侯爵の手がそっと離れた。痛む腹部を押さえて咳き込んでいると、リリナが慌てて布を持ってきてくれた。バレンティノとケンドールはチェルシーが落ち着くまで「大丈夫？」と声を掛けてくれる。落ち着いた頃合いを見計らって、ケンドールがルーナンド侯爵に手紙を渡した。

「こ、これは……!?」

「父からです。要望を聞いていただけるようであればチェルシーの意思を確認した後、母宛に返信をください」

ケンドールがそう言った後、バレンティノもポケットに手を忍ばせて豪華な封筒を取り出した。

「ああ、僕も渡さなければならない手紙を預かっていたんだ。母上からだよ。こちらもチェルシーの意志を優先してくれと言ってたよ。確かに伝えたから」

「は、はい……！」

「ありがとうございますっ」

その後、二人は両親と何か話しているようだったが、チェルシーには内容まではよくわからなかった。青ざめていくチェルシーの両親の顔を見ていると、バレンティノとケンドールの二人が「お待たせ」と言ってチェルシーの元に戻ってくる。

チェルシーは苦い表情の両親にチラリと視線を送ってから、そのまま二人を連れて邸内を案内するように進んでいく。

「今日はまた違う雰囲気のドレスを着てるんだね」

「なんかさぁ、今日のためにいっぱいドレスを貰ったんだよねー！　いっつもジェニファー優先なんだけど、ケンが来るって言ったからじゃない？」

「……へぇ、それはそれは」

「そうなんですね」

「そんなことよりも聞いて、聞いて！　紅茶の種類って色々あるんだって。アタシは苦いのが苦手だからミルクも砂糖もたくさん入れるんだけど、ケンとティノは好みある？」

「僕はストレートで」

「私も同じでお願いします」

「了解！　ネルっちに聞くように言われたんだよね」

そんな話をしている間に中庭のテーブルに到着する。ネルが目玉が飛び出てしまうのではないかと思うくらい目を見開いてこちらを見ていたが、チェルシーは気にすることなく二人の紅茶の好みを伝えていく。するとバレンティノとケンドールはチェルシーにあるものを渡す。

「王都で流行りのお菓子だよ。チェルシーの口に合えばいいけど」

「こちらはうちの領で評判の伝統菓子です。少し癖はあるかもしれませんが美味しいですよ」

「二人とも、ありがとう～！　どっちも美味しそうだけど、ティノのくれた焼き菓子、可愛いすぎなんですけどっ」

「チェルシーに喜んでもらえてよかったよ」

「ふふ、迷った甲斐がありましたね。バレンティノ」

「……うるさい」

目を輝かせながら興奮気味に言うと、二人は目を合わせた後に笑みをこぼす。バレンティノとお菓子を交互に見てから、チェルシーはケンドールに問いかける。

「ねぇ、ケン。サプライズってティノのことでしょう？」

「そうですよ。驚きましたか？」

「うん、超びっくりした。でも二人が来てくれてめちゃくちゃ嬉しい！」

「あと、パーティーで壊れたドレスを直したから届けにきたんだ」

「本当？　ありがとう〜！　ティノもケンもマジでいい奴じゃん！」

「ははっ！　チェルシーにそう言われるとなんだか嬉しいな」

「ドレスの件はルーナンド侯爵に直接伝えたからね」

「私もです」

「え……？　うん、ありがとう？」

チェルシーは二人の含みのある言葉に首を傾《かし》げつつも頷いた。

「それにバレンティノが特定の令嬢の邸に向かったとなれば騒ぎになりますから内密に。どこで情報が漏れるかわかりませんから」

「そういうケンドールこそ同じようなものだろう？」

「私は徹底していますから」

そんな二人の話を聞きながらチェルシーは思ったことをそのまま口にする。

「なんかケンとティノって彼女作るのも大変そうだね。好きな女の子とゆっくり過ごす時間もなさそうじゃん」

「…………カノジョ？」

「話の流れ的に恋仲になる令嬢のことではないでしょうか」

「そうそう！　恋人作るの大変そう」

「そうですねぇ、色々な方がいますから」

「だよねー！　そうだと思った」

大変だね、と他人事のように繰り返すチェルシーに、バレンティノとケンドールは内心驚くしかなかった。

ここまで親しくして尚、異性として見られないどころか、結婚相手としてまったく興味を持たれないというのはバレンティノとケンドールにとって初めてのことだったからだ。普通、興味がないフリをしていても欲がちらつくものだが、チェルシーにはそれが一切なく、本当にただの友人として接してくる。

二人の驚いた表情も気にすることなくチェルシーはお菓子を見て、リリナに「コレとコレは絶対に食べたい」と一生懸命に伝えていたが、あることを思い出す。

「あ、そうだ！　ケンが来たらプレゼントしようと思ったんだけど、ティノが来たからもう一個作んなきゃ！」

「何を作るんですか？」

「向こうに置いてあるの。リリにゃん、ネルっち！　ティノの分のお茶とお菓子の用意、お願いね」

「……で、ですがお嬢様、アレは！」

「じゃあ、ちょっと向こうに行ってくるから」

侍女の慌てる顔も気にせず駆けだそうとするチェルシーの代わりに、二人がとりなす。

「今日はお忍びで来ていますから、そんなに気を遣わなくていいですよ」

「そうそう。いきなり連絡もなしにごめんね。チェルシーが気になって」

「はいっ！　ケンドール様、バレンティノ殿下、ありがとうございます……！」

「いってらっしゃいませっ！　チェルシーお嬢様をよろしくお願いします」

カチカチに緊張していたリリナとネルだったが、バレンティノの〝チェルシーが気になって〟という言葉にすぐに表情を切り替えて深く深く頭を下げた。

ケンドールとバレンティノは目を合わせて頷いた後に、チェルシーの「早く～」という言葉に足を進める。チェルシーが二人の手を引いてやって来たのは、ネルとリリナとよく訪れる花がたくさん咲いている中庭だ。

庭師のトムに声をかけると、トムは動きを止めてからいつもより深々と頭を下げている。そして先ほど作っておいたあるものを見せる。

「じゃーん、自信作です！」

「「…………」」

二人はキョトンとした後に暫《しばら》く考え込んでいた。いつも貰う令嬢たちからのプレゼントとはかけ離れているものだったからだ。

「これは……花冠、ですか？」

「花冠、だね」

「ケンは髪の毛の色って濃い青でしょう？　だから水色と白の花で作ってみました！」

「な、なるほど……」

そう言ってケンドールの頭に水色の花冠を載せる。それを見たバレンティノは後ろを向いて思いきり吹き出した後に小さく震えている。

ケンドールは珍しく照れているのだが、チェルシーは「ケン、かわいい〜」と言いながらご満悦だ。それから腕まくりをして気合を入れていたチェルシーはバレンティノの方を見た。

「今すぐティノの分も作るから待っててね！」

「……!?」

「ティノは髪の毛がミルクティーみたいな色で肌も白いから、ピンク系にしよう！　折角だからケンと同じ感じがいいよね。すぐに作るから少し待ってて〜」

「「…………」」

「あ、セオにも作ろうかな。セオは黄色にしようっと！」

花を摘んでいるチェルシーの後ろ姿を見た後に呆然としながらもケンドールとバレンティノは目を合わせた。

「チェルシー、一つ聞いてもいいでしょうか」

「んー……？　なになに」

「何故、花冠を？」

「そんなの可愛いからに決まってんじゃん！」

「…………か、わいい？」

「それに今のアタシにあげられるものはコレしかないからさ」

当然のように言ったチェルシーは一生懸命、花の茎を編み込んでいる。庭師のトムに「黄色系もお願いねー」と声を掛けているチェルシーを見て、バレンティノとケンドールは再び吹き出すように笑い合った。

「ハハッ、ケンドールが花冠つけてる……！」

「笑っていますけど、バレンティノの分もあるそうですよ？　チェルシーには驚かされてばかりですね」

「こんなに楽しいプレゼントは初めてだ」

「私もですよ」

そう話しながら笑っていると……

「二人とも暇ならこっちに来て。折角だから一緒に作ろー！　わからなかったら作り方教えてあげるから」

「「……え？」」

何故か巻き込まれるような形でケンドールとバレンティノは花冠を作ることとなる。

チェルシーがバレンティノとセオドアの分を作り終わるまでに、ケンドールのキツく締めすぎて小さくなってしまった花冠とバレンティノの緩すぎるネックレスのような花冠が出来上がったのだった。

「ぷっ……！　二人とも意外と不器用だね」

「待ってください、チェルシー！　リベンジさせてください」

「もう一度、作れば僕だって……！」

「残念、時間切れでーす！　お腹が空いたからお茶しよ。これティノの分ね」

そう言って頭にパサリと乗せたのはピンクと白で作られた可愛らしい花冠だった。チェルシーは二人を見てうんうんと頷いてから親指を立てた。

「二人とも、超可愛い！」

「私たちが…………」

「…………可愛い？」

「うん、めちゃくちゃ可愛いよ。それに綺麗だし。それよりも予定より遅くなっちゃった〜！　早く行こう」

「「…………」」

呆然として立ち尽くしている二人を見兼ねてか、チェルシーは手を引いてくる。

「待ってチェルシー、花冠は嬉しいけどお茶の間は外させて」

「え〜可愛いからいいじゃん」

そんなじゃれ合いの後、花冠を外すことを了承したチェルシーがテーブルに向かえば、そこにはチェルシー以外の家族たちが待っていた。

先ほどの柔かな雰囲気は嘘のようにケンドールとバレンティノの表情が固くなる。

「バレンティノ殿下……こ、この間の件は大変失礼いたしました。ご迷惑をお掛けしてしまったこと、心より反省しています」

ダミアンが緊張した面持ちで頭を下げる。二人のいつもと違う雰囲気にチェルシーは交互にバレンティノとケンドールを見て首を傾《かし》げていた。

するとバレンティノはチェルシーを庇《かば》うようにダミアンの前に出る。何故かいつもよりも着飾っているジェニファーが瞳を輝かせながらバレンティノを見ているが、彼は気にすることなくダミアンを見てスッと目を細めた。

「ダミアン……謝るべき相手は僕ではないんじゃないかな？」

「……っ⁉」

バレンティノの言葉にダミアンの肩が大きく揺れた。一瞬だけダミアンと目が合ったチェルシーだったが、鋭い視線で睨まれてしまう。

チェルシーはいつものことだと特に気にすることはなかったが、ケンドールとバレンティノはその姿を見て厳しい表情を浮かべていたようだ。ダミアンは唇を噛んでいたものの、彼の口からはチェルシーへの謝罪が語られることはない。

大きな溜息が聞こえた後に、隣にいたケンドールからチェルシーに渡されたのはシンプルな封筒だった。

「これって……」

「母からチェルシーへの手紙ですよ」

「先生から⁉　開けてもいい？」

「ええ。〝引き続きチェルシーの指導を行いたい〟と母は言っています」

その言葉にチェルシーは手紙を開けようとした手を止めて顔を上げた。

「マジで⁉　また先生が教えてくれるの？」

「えぇ、チェルシーさえよければ」

「やったー！　めっちゃ嬉しい、……って言いたいところではあるんだけど……」

そう言ってチェルシーは両親に視線を送った。こうなってしまえばチェルシーの両親である二人の許可が必要だとわかっていたからだ。

「チェルシーはルーナンド侯爵たちには気軽に相談できないようでしたから、改めてチェルシーの前で言った方がいいかと思いまして……」

ケンドールはそう言って冷たい笑みを浮かべている。その言葉を聞いてルーナンド侯爵たちは分かりやすいほどに青ざめていく。

「いえ、そんな……ことは」

「先ほども申し上げた通り、私たちは大歓迎ですわ！　ねぇ、あなた」

「そ、その通りだ！　是非、チェルシーをお願いいたします」

二人の許可が出たことにチェルシーは素直に喜んでいた。今度は裏口からこっそりとではなく、堂々と正門からメイヴ公爵夫人を迎えられることが嬉しかったからだ。

「いいって！　よかったぁ……！」

「本当にチェルシーはメイヴ公爵夫人が好きなんだね」

「うん！　めちゃくちゃ成長できるし、厳しい中にも優しさがあるの。照れてる顔も可愛いんだよ！」

「母はチェルシーのことをとても気に入っているようでしたから喜びますよ」

「めっちゃ嬉しいー！　てか、早く手紙を読みたい！　それとケンが帰る前に返事を書きたいんだけどいい？」

「ええ、もちろんですよ。その方が変な小細工をされなくていいかもしれませんからね」

「……！」

「ああ、嫌味ではないのですよ。ただ話を聞いたり見ている限りでは、チェルシーの扱いだけが大きく違うようでしたから心配になりまして。今日、私がここに来るという選択をしてよかったです」

「そ、そんなことは……」

「母も常々、心配してましたからね」

チェルシーは不穏な空気にも気づかないまま、メイヴ公爵夫人の手紙を読み進めていく。綺麗な字で書かれていたのは「再びあなたの指導に入りたい」という嬉しすぎる言葉だった。どうやら手紙を通して正式に両親に頼んでくれたようだ。

「リリにゃん、便箋とペン持ってきて！」

「かしこまりました」

笑顔で去っていくリリナを見送ってチェルシーが興奮気味に椅子に腰掛けるのと同時にバレンティノとケンドールも椅子に座る。

「手紙の書き方も教えないと、と母は気合い十分でしたよ」

「うっ……！」

チェルシーの呻き声と渋い表情にケンドールとバレンティノは笑みを溢《こぼ》す。まるで話はもう終わったと言わんばかりにルーナンド侯爵たちは完全に蚊帳の外である。

その対応に両親とダミアンが唖然《あぜん》としているなか、ジェニファーだけはソワソワとしながら頬を赤らめている。

ネルの淹れてくれた紅茶を飲み、お菓子を食べながらケンドールやバレンティノと花冠の作り方を説明して、話が盛り上がり夢中になっている時だった。

背後から「あ、あのぉ……」と、声が聞こえてチェルシーは肩を揺らした。

（え……マジか、まだいたの？）

恐る恐る後ろを振り向くと四人が立っているのを見て、チェルシーは戸惑っていた。もう四人はいないものとして話し込んでいたからだ。

後ろに控えているネルとリリナを見るとニッコリと笑みを崩さない。あえてチェルシーたちに四人がまだいると声を掛けなかったのだろう。まるでこうなるのは仕方ないですよね、と言わんばかりの明るい笑顔である。なかなかに逞しく成長している二人に、チェルシーは感心していた。

そしてよく今までこの場所にいられたなという複雑なチェルシーの心境とは裏腹に、ジェニファーがここぞとばかりに前に出てドレスの裾《すそ》をつまんでカーテシーをする。しかしそれを見てケンドールの眉がピクリと動いた。チェルシーもジェニファーの拙い挨拶に気づく。

（角度も足の位置も全然違う。バランスも取れてないし芯がブレてる……）

バレンティノも無表情のままだが、ジェニファーは場の空気を読むことなく、二人の視線が自分に向いていることに気持ちが高揚しているらしい。

期待からか目はギラギラと輝いていて、うっとりとした表情で二人を見つめている。気合いが入ったドレスと、ここまで漂う甘ったるい花の香りにチェルシーは鼻をつまみたくなった。

「チェルシーの妹、ジェニファーです。是非ジェニファーも一緒にメイヴ公爵夫人の指導をお願いしたいと思いまして……」

「よろしくお願いいたします。わたくしも一生懸命、がんばりますっ」

「どうかジェニファーをお願いいたします！」

意気揚々としたジェニファーの声と、ジェニファーのためならば簡単に頭を下げるダミアン。両親の苦い表情を見るに、ジェニファーに頼まれたのだろう。

「それならば、母に直接打診をお願いいたします」

ケンドールは申し出を簡単に跳ね除けた。そしてニコリと笑みを浮かべたあとに話を続ける。

「今、母の元にはチェルシーのおかげで、令嬢たちからたくさんの連絡がきている状態です。それに直接ではなくて私に間接的に頼むやり方は好まないみたいなので、断るように言われています」

「……え？」

ジェニファーはケンドールに断られたことは理解したのか胸元で手を握りショックを受けているようだった。ダミアンもまさかジェニファーの要求が拒否されるとは思ってなかったのだろう。ケンドールの言葉に戸惑っているようだ。

「こうきたか……なら僕もチェルシーに直接、伝えておいた方がいいかな」

「ティノ、どうしたの？」

「チェルシー、君の両親に母上の開くお茶会の招待状を預けたんだ」

「……！」

その瞬間、ジェニファーの瞳がこれでもかと見開かれる。バレンティノの母親といえば王妃だ。お茶会で色々と聞かれたことを思い出す。

「――わたくしもッ！」

そんな時、ジェニファーが一際大きな声を上げた。皆の視線が集まる中、ジェニファーは必死な表情を隠してモジモジとしながら猫撫で声を出す。

「バ、バレンティノ殿下、わたくしもチェルシーお姉様と一緒に行ってもよろしいでしょうか？」

上目遣いと口元に添えられる手と潤《うる》んだ瞳。あまりにも別人なジェニファーの姿を見たチェルシーは思いきり目を見開いて苛立ちから鼻の穴を膨らませ唇をギュッと閉じていた。

隣にいるケンドールの紅茶を持つ手がカタカタと震えている。ケンドールがバレンティノの肩をツンツンと突いて、チェルシーに視線を送る。「ブハッ」と吹き出す声が聞こえ、無意識に変顔をしていたことに気づいて、チェルシーは咳払いをした後にすぐに表情を戻す。

「えっと……ジェニファー嬢、だったかな」

「は、はい！　そうです。ジェニファーですわっ！」

バレンティノに名前を呼ばれたジェニファーは嬉しそうに肩を揺らした。ルーナンド侯爵たちもホッと胸を撫で下ろし、何故かダミアンも誇らしげな表情を浮かべている。

「ジェニファー嬢」

「なっ、なんでしょうか！　バレンティノ殿下っ」

「申し訳ないが、母上が話したいのはチェルシー嬢なんだ」

「え……？」

バレンティノの言葉に満面の笑みを浮かべていたジェニファーの表情が曇っていく。

「当然だけど君は母上に呼ばれていないから参加することはできないよ。今回、呼ばれるのは母上が選んだ令嬢だけなんだ」

「ですが、わたくしの方が……！」

「その中から僕たちの婚約者を選ぶつもりなんだよ。母上は」

「聞いてくださいっ！　わたくしはあの時、本当の姿をお見せすることはできませんでしたわ！チェルシーお姉様に邪魔されたせいでわたくしはっ」

「本当にチェルシーは君の邪魔をしていたのかな？」

「……っ！」

「母は何週間も前から資料を読み込んで準備していたから、チェルシーのせいではなく、単純に君の実力不足の可能性も高いかな。その評価をひっくり返したチェルシーが例外なだけで、あのお茶会の前からほとんど決まっていたようなものだしね」

「そ、んな……」

呆然としている四人にバレンティノは念を押すように「話は以上だよ」と言った。人形のように動かなくなってしまったジェニファーの背を押して四人は重たい足取りで去っていく。まさかお茶会で、バレンティノやセオドアの婚約者を探していたとは予想外だった。

(婚約者を決めるためにお茶会を開くってすごくない？　婚約者って、お金持ちとかの子じゃないといないやつだよね？)

この場でまったく違うことを考えていたチェルシーはバレンティノに問いかける。

「あのさ、もしかしてティノって、めちゃくちゃお金持ちなの？」

「えっと……まさかそんな質問をもらう日がくるとは思わなかったな。一応、そうかもね」

「あ、ごめん、えらい人なのは知ってるの。でもえらい人だからってお金持ちとは限らないからさ」

現代の価値観での発言だが、幸か不幸かバレンティノには『王族個人と侯爵家であれば後者の資産のほうが豊かな場合があるから』と伝わった。それにチェルシーが続けた言葉のほうが気になったのだ。

「婚約者なんてすごいじゃん！　いい子が見つかるといいね～」

チェルシーがその候補になっていると教えてあげた方がいいのだろうかとバレンティノが戸惑いつつも迷っていると……

「……くくっ！」

「おい、ケンドール」

「君がこんなにも意識されていないところを見るのがっ、初めてで」

笑いすぎて身を屈めるケンドールはいつものすました表情が嘘のようだ。

するとケンドールは自らを落ち着かせるように紅茶を飲み込んでから楽しげに笑みを浮かべてチェルシーに問いかける。

「チェルシーは私とバレンティノと、どちらが好みですか？」

「好みって、タイプの話？」

「そうですねぇ。結婚するならどちらの方がいいかって意味ですよ」

「ケンドール……！」

「チェルシーに聞くくらいいいじゃないですか」

「結婚……結婚かぁ」

チェルシーは瞳をキラキラと輝かせていたが、余裕の笑みを浮かべるケンドールとは違い、バレンティノの表情は固いままだ。するとチェルシーは暫《しばら》く考え込んで、二人の顔を見た後に口を開いた。

「どっちもタイプじゃないかな！」

にっこりと笑いながら発した言葉に当然、二人は固まる。

「どうしたの？　変な顔……」

チェルシーは視線を感じてケンドールとバレンティノを見ながら首を傾《かし》げた。そして視線の先がチェルシーの持っているクッキーにあると思ったのか、食べかけのクッキーと二人を交互に見ている。

「あ、もしかして二人もこのクッキー食べたかった？　今、新しいの持ってきてもらうから待っててね。ネルっち～！　この美味しいクッキー、まだある？」

「はっ、はい！」

「ティノとケンが食べたいみたいなんだけど」

「今すぐに持って参ります！」

ネルは慌てた様子でクッキーを取りに向かった。

「プッ……アハハハ！」

「ははっ……ふっ、ハハッ」

「なになに？　何か面白いことでもあった？」

何が面白いのか、二人はまた腹を抱えて大爆笑である。

キョロキョロと辺りを見回すが特に何もない。しかし二人が何に笑っているのかはチェルシーにはわからない。

「二人とも、よくわからないけど笑いすぎだから」

「はぁ……チェルシーは本当に楽しい女性だね」

「ならチェルシーはどんな男性と結婚したいと思っているんですか？」

「結婚!?　結婚はまだ考えたことないけど……今まで付き合ってきた人はみんなチャラくて俺様

だってラブちゃんに言われたことあるかも」

「チャラクテ、オレサマ……？」

「ラブ、チャン？」

「付き合ったことがあるとは、好きになった人ということですか？」

「そうそう！　モテるしイケメンだから、すぐ浮気すんの！　でも、アタシからしてみればラブちゃんも相当ヤバい奴が好きだと思うけどね」

「………それって」

「なんかダメな男が好きみたい！　でもでも結婚するなら優しくて誠実な人がいいかなぁ。あと浮気しない人ね」

それを聞いたバレンティノは顎に手を当てて何かを考えている。

「なるほどね。結婚条件は満たせそうだけど、もう少し強引な方がいいのかな？　参考にさせてもらうよ」

なんのことかわかっていなさそうなチェルシーを見てケンドールがバレンティノに耳打ちする。

「手強そうですね。バレンティノ」

「僕もまだまだかなぁ……」

「落ち込むなんてバレンティノらしくないですね」

「仕方ないよ。ここまで意識されてないとは思わなかったんだ。それに諦めるつもりはないよ」

「ふふっ、頑張ってくださいね」

二人が話しているとチェルシーは思い出したように口を開いた。

「あっ、そういえばスサナちゃんにもまた会いたいなぁ」

「母上のお茶会にはスサナも来るよ？」

「マジで⁉　もっとスサナちゃんとお話ししたいって思ってたんだよね。王妃様のお茶会が楽しみ～！」

「それは嬉しいな」

チェルシーはバレンティノの言葉の意味を深く考えることなく頷いた。リリナが新しい紅茶を淹れている間、ネルが持ってきたクッキーを二人にわけてもらうが遠慮しているのか「僕は少しでいいよ」「私も少しでいいです」と言っている。あれだけクッキーを欲しがっていたのに少ししかクッキーを食べないことが気になったが、残ったクッキーはすべてチェルシーの皿へと吸い込まれていく。

「チェルシーを見ていると妹がいたらこんな感じかもしれないと考えてしまいますね」

「え、本当？　アタシもケンみたいなお兄ちゃんがいたらいいなって思ってたとこ！」

ケンドールはチェルシーの頭を撫でる。キララに兄がいたわけではないが、大きな手のひらにどこか懐かしさを感じていた。

「母は不器用で気難しいところもありますが、チェルシーのところに通っている間、毎日本当に楽しそうで……。私も嬉しかったんです。でも今日、チェルシーと過ごして母の気持ちがとてもよくわかりました」

「ほんと？　あ、この手紙書いたから先生に渡してね」

「お預かりしますね」

「それと薔薇も！　トムさん、あの薔薇ちょうだい〜！」

トムはチェルシーの声を聞いて慌てて薔薇を持ってくる。チェルシーは手紙と薔薇をケンドールに渡した。

「とても素敵ですね」

ケンドールの甘い笑みと、薔薇を持つ姿に侍女たちはうっとりとしているが、チェルシーはバレンティノが紅茶を持ち上げる優雅な仕草に自然と目が奪われてしまう。

（ケンもティノもスサナちゃんもすごすぎ。アタシも頑張らないと……！）

負けじとチェルシーもメイヴ公爵夫人仕込みの紅茶の飲み方を披露していた。それを二人に褒められていい気分である。

「チェルシー、お腹がいっぱいになりましたし、もう一回花冠を作りませんか？」

「賛成。リベンジさせてくれ」

「二人とも負けず嫌いでウケるー！　いいよ、行こ行こ」

こうして楽しい時間はあっという間に過ぎていったのだった。

あの日から家族関係が少し変わったように思えた。両親は戸惑いを見せつつも、チェルシーを気にかけることが増えていった。やはりお茶会でチェルシーの立ち振る舞いが絶賛されたことが大きいようだ。

バレンティノやケンドール、スサナと一緒にいることで注目を集めていることも要因だろうとリリナとネルが教えてくれた。

王妃に気に入られてお茶会にも誘われたという理由も加わり、チェルシーの存在を無下にできなくなったらしい。だがダミアンの公の場での粗相とバレンティノに対する態度が大きく広がったことでルーナンド侯爵家の評判は下がり、相殺されたそうだ。

メイヴ公爵夫人も色々な邸に呼ばれて忙しいのか、以前のようにみっちりした指導はしてあげられなさそうだと手紙に書いてあった。しかしチェルシーはそれはそれでいいと思っていた。

（毎日の指導、あれはマジで地獄だった……っ！）

あの指導をなぜ耐えられたのか、今となっては理由がわからない。ただ凄まじい怒りと苛立ちがやる気に変わり、根性と気合いで乗りきれたことだけは間違いない。

メイヴ公爵夫人は『指導は生半可な気持ちで受けないように』と前もって注意を促してから、具体的な内容を提示して確認した後、それでも指導を受けたいという令嬢たちに一度試してから、本格的な指導に入るようにしたそうだ。

そのおかげか今は途中で辞退をする令嬢はいなくなったらしい。

そして今日、ルーナンド侯爵邸の表の門から堂々とやってきたメイヴ夫人を家族総出で迎えていた。王妃のお茶会までに、まだまだ足りない部分があるからと今日から優先的にチェルシーの指導にあたってくれるそうだ。

家族総出なのは、恐らく家族仲がいいですよとアピールをしたいのだろうが、今更ではないだろうか。そう思うものの、あえてチェルシーは何も言わずにスルーしていた。言わなくてもメイヴ公爵夫人にはもう十分に伝わっている。急に取り繕《つくろ》ったところで違和感は拭えない。

そんなチェルシーの横で誇らしげに胸を張り、やる気を滲《にじ》ませるジェニファーを見てチェルシーは溜息を吐く。どうやらメイヴ公爵夫人に直接、指導を頼もうと思っているようだ。

（ケンに自分で頼めって言われていたもんね）

メイヴ公爵夫人もケンドールから話を聞いていたのか、ジェニファーにそっと視線を流す。それだけでビクリと肩を震わせたジェニファーを見て、何か思うことがあったのだろう。

ジェニファーが何かを言う前にメイヴ公爵夫人は「見学をしてみたらいかがかしら？」と言った。

ジェニファーは嬉しそうに頷いていたが、実際にチェルシーがメイヴ公爵夫人に指導を受けているのを見ると、その表情は一転して引き攣ったものとなり体を固くしていた。

それでも先ほどの様子から「是非、わたくしも！」と言ってくると思っていたが、ジェニファーは『メイヴ公爵夫人の指導を受けたい』とは言わなかった。どうやら早々に心が折れたようだ。

メイヴ公爵夫人もジェニファーについて、これ以上触れることはない。それからジェニファーはチェルシーに対抗するように別のマナー講師を頼んだようだが、それも長くは続かなかったようだ。

次第に爪を噛んで目が血走っているジェニファーを目撃するようになった。ダミアンも部屋に篭り続けているせいか、ますますチェルシーに不満が溜まっているようだ。

ケンドールとバレンティノは度々ルーナンド侯爵邸にやって来ては何をするわけでもなくご機嫌

で去っていく。

それに加えてスサナまで侯爵邸を訪れるようになると、あんなにうるさく絡んできたダミアンも文句ばかり言っていた両親も黙るようになった。

ジェニファーはチェルシーを避けるようになる。それと同時に、ジェニファーの侍女たちも以前の横暴な態度が嘘のように大人しくなった。ネルとリリナに聞いてみると、何人かはルーナンド侯爵邸の侍女を辞めたそうだ。それはジェニファーが変わったことにも原因があるようだが、ルーナンド侯爵夫人も絡んでいるというから驚きである。

(何があったんだろ……怖っ!)

ふわふわしていたジェニファーの雰囲気も刺々しいものに変わっていく。元々の性格が隠しきれていないと言うべきだろうか。しかし今のところはチェルシーに実害がないので放っていた。

そしてチェルシーはまた新たな問題に直面することになる。王妃のお茶会に呼ばれるとわかり、ルーナンド侯爵たちから当日着ていくドレスを買うと聞いたが、今回は好みを聞かれていない。

チェルシーは嫌な予感をヒシヒシと感じていた。そして用意されたドレスを見て、その予感が的中したことを知る。

「…………何これ」

「わざわざお前のためにオーダーで作ったドレスだ」

「あなたはこういう色が好きなんでしょう?」

「くれぐれも失礼のないように」

ギラギラと光る金の糸にワインレッドとグリーンが混ざった毒々しい色のドレスを見て、チェルシーが公爵令息と顔を合わせた時に着ていた濃いグリーンのドレスを思い出していた。

(孔雀……?)

嫌がらせかと思ったが、どうやら本気でチェルシーのためにドレスを用意したようだ。ジェニファーにはわざと地味なドレスを着させられて、両親はチェルシーのためにけばけばしい色のドレスを用意した。

(……どう見てもこれがチェルシーに似合うとは思えないんだけど、もしかしてまたジェニファーのせい?)

今回は我儘を聞いてやったんだぞ、という両親の仕方なさそうな顔は置いておいて、とりあえずは目立つことを最優先したようなドレスである。

チェルシーに似合うもの、という考えは一切ないのだろうか。それならばこの間、買い与えられたドレスの方がまだマシだったかもしれない。

「誰がこの色が好きだって言ったの?」

「昔からあなたは暗くて濃い色が好きだって言っていたじゃない」

「もう一度聞くけどさ、本当に〝チェルシー〟が、そう言ったの?」

そう言うと両親は意味がわからないと言いたげに首を捻っている。何か根本的な部分が間違っているような気がしていたが、仮にジェニファーが「お姉様がこの色が大好きって言っていましたわ」と、チェルシーのいないところで言っていたのだとすれば、それがもう〝チェルシー〟の意見になってしまっているのだろう。チェルシーから聞いたかどうかは問題ではないのだ。

「ねぇ……このドレス、いくらなんでも派手すぎるから着たくないんだけど」

「……何⁉」

「何ですって？　もうあなたのわがままに振り回されるのはごめんよ！　これ以上、私たちに何をしろと言うの！」

「………はぁ」

思わず口から飛び出したのは大きな溜息である。ジェニファーのわがままは許されているのに、何故チェルシーがこのドレスを着たくないというだけで、ここまで反発されなければならないのだろうか。

両親の言葉はチェルシーが思い通りにならないことへの当てつけのように思えた。ダミアンとジェニファーは両親の言うことを従順によく聞いているように見えるかもしれない。今までチェルシーが意見を言えないことに対して怒ってはいたが、これでは意見を言えるようになったところで何も変わらないではないか。

（なんていうか、チェルシーの行動がすべて気に入らないってしないと気が済まないって感じなんだよね……）

チェルシーの変化はルーナンド侯爵家に大きな衝撃を与えた。それがチェルシーにとっていい方向にだとしても、彼らにとっては迷惑になってしまう。

両親にとってはダミアンとジェニファーこそが「いい子」だが、本心ではチェルシーにそうなってほしいわけではない。チェルシーは引き立たせ役の出来損ないを演じ続けなければならないし、ダミアンやジェニファーのように振る舞ったところで何も変わらない。両親が認識を改めない限りはこの状況は動かないのだろう。

(頭が固そうだし無理だと思うけど、チェルシーは二人に認めてもらいたいと望んでる)

かつてのチェルシーの願いを叶える、つまり両親と仲良くするためには、媚《こ》びへつらい尻尾を振り続けるほか、今のところ方法はない。しかしそれをしたいかといえば、チェルシーの答えは決まっていた。

(そんなの絶対絶対ぜーったいに嫌ッ……！)

「まさか我々の厚意を踏み躙るとは！」

「こんなわがままは今まで言わなかったのに……っ」

「用意してくれたことには感謝してるけどさ、何でジェニファーみたいに一緒に買いに行ったり、好みとか聞いてくれないの？」

「チェルシーの好み、だと？」

「そう。ジェニファーやダミアンサマは自由に選べて、アタシだけコレを着ろっておかしくない？」

「……な、なにを」

「ああ、それともチェルシーの好みなんて本当はどうでもいいと思っていたとか？　今まで何をしたって文句を言わなかったもんね」

押し黙るルーナンド侯爵たちを見て図星なのだろうと思った。また「ジェニファーは」「ダミアンは」と始まるだろうと予測したチェルシーは先手を打つために口を開く。

「一緒に行けるわけないか。コソコソしながらアタシの悪口言って、二人の機嫌を取ってるの知らないと思ってんの？」

「……⁉」

明らかに動揺している姿を見て溜息を吐いた。チェルシーの評判が上がれば上がるほどにジェニファーやダミアンは少しずつ落ちていく。

目に見えて不満を露わにするようになり、両親の言うことを聞かなくなっている姿を度々目にしていた。ダミアンは自分の評価が落ちたことを認められずに荒れている。ジェニファーもケンドールとバレンティノに見向きもされないことを認められない。ルーナンド侯爵邸の中では一番だった彼らは外の世界で苦境に立たされて躓いている。

従順だった二人は最近、うまくいかない苛立ちを両親にぶつけるように反抗的になっているように思えた。その理由は間違いなくチェルシーを目の敵にできなくなったからだ。

捌け口だったチェルシーは今、メイヴ公爵夫人やケンドール、バレンティノ、スサナや王妃の存在に守られている。チェルシーを責めることでバランスを保っていたが、それが崩れた今、家族関係はわかりやすいほどに変化していた。

言うことを聞かずに荒れていくダミアンとジェニファーの様子に両親は焦ったのだろう。見えないところで必死にチェルシーを悪に仕立てて、二人を元に戻そうとしている。

けれどダミアンもジェニファーもそんな簡単な作戦に騙されるほど子供ではないようだ。チェルシーが自由に振る舞うほどに顕著になっていく差はどんどんと広がっていく。

必死になるルーナンド侯爵と夫人はその理由すらわからずに苛立っている。

「オーダーでチェルシーのために作ったんだぞ！」

「こんなのただの押し付けじゃん。チェルシーは好きな服を着る自由もないわけ？　アタシは、あんたたちの操り人形じゃないんだけど」

キララの時も同じだと思った。周りから求められるのは『みんなと一緒』『普通』でいること。心ない言葉は容赦なく胸を刺す。けれど自分の『好き』を無視していても、心のモヤモヤはずっと残り続けてしまうことを知っていた。

（もうアタシは後悔したくない……！）

チェルシーの反抗的な態度を見てか、顔を真っ赤にした父がチェルシーの胸ぐらを掴《つか》む。

「……ッ！　このっ」

手を振り上げた父に謝ることも避けることもせずに、まっすぐに見つめていた。チェルシーが動じない様子を見てかピタリと手が止まる。ダミアンと同じような行動に、チェルシーも同じように掴《つか》まれている手に爪を立てながら睨み上げる。

（脅して従わせるつもり？　ふざけんな）

ここまでチェルシーが努力しても成果を上げても、まだチェルシーだけこの扱いを変えようとしないというのも気に入らない。

「アタシを殴るの？」

「……ッ！」

「どっかの誰かもそうやってお茶会で恥を晒《さら》して逃げ帰ったけど親子で同じことするつもり？　マジでウケるんですけど」

「っ、くそ……」

「――チェルシーッ！　いい加減にしなさい！」

「私たちがいるからお前はここで暮らせてるんだ！　気に入らなければ、ここから出ていけっ！」

こうして押さえつけて、無理矢理言うことを聞かせようとする奴を見ていると腹が立って仕方ない。

守らなければいけないルールがあることはわかっている。しかしその枠の中で自分をわかってもらいたくて必死に声を上げているのに理由も聞かずに否定されてしまえば、次第に声を上げるのをやめてしまう。そんなチェルシーの姿を思い出すと、どうしようもない悔しさが込み上げてくる。

「もし本気で出てけと言うなら出てく。けど、それをすることによって、周りからどう見られるか考えた方がいいんじゃない？　アタシが王妃様のお茶会に欠席してここから出てってていいの？　邸を訪ねてくるティノたちには、なんて言い訳すんの？」

「っ……！」

「アタシが気に入らないから追い出しました？　ヤバくない？　子どもかよ」

「チェルシーッ！」

「そんなにアタシが言ってることがおかしいの!?　いい加減におかしいのはそっちだって気づけ

よっ！」

　今、これだけ注目を集めているチェルシーを追い出したとなれば侯爵家の評判はガタ落ちどころではない。今まで通りでいるためにこうして同じようなことを繰り返していることに、うんざりしていた。

「アタシはただ服を買う前に好みくらい聞いてもいいんじゃないかって言ってんの！　他の二人みたいに一緒に買いに行ったりさ！　コレはどうって聞くだけじゃん。それだけなのに……っ」

　グッと拳を握りしめた後に黙り込んだ両親を睨みつけた。

「それにアタシはお茶会ではキチンとした振る舞いをして、期待に応えたつもりだけど何が気に入らないの？　間違えたことをして侯爵家の評判を落としたのは誰？」

「だから……それは……っ」

「自分の思い通りにならないからって理由も聞かずに押さえつけて、歩み寄りもしないで、どうしてチェルシーだけが出来損ないなのッ⁉」

「聞いても何も言わないじゃない！」

「言えないくらい追い詰めただけでしょう？　今もそうじゃん」

「……ッ、違うわ！　私たちはチェルシーに今よりも強くなってもらいたかっただけよっ。あのままだと全部がダメに……っ」

「――アタシの知っているチェルシーは思いやりがあって優しくていい子だった！　それでも二人と同じじゃないとダメなの⁉　少しぐらい人と違ったっていいじゃん。できないこととか苦手なことがあるのは当然でしょう？　どうしてそれだけで〝出来損ない〟だなんて決めつけるんだよっ！」

訴えかけるように言うと二人は唖然《あぜん》として言葉も出ないようだった。いくら言ったところでチェルシーの言葉が響きはしないとわかっていたため大きな溜息を吐く。

「で、どうすんの……？　このままくだらない言い争いをいつまでも続けないとダメ？　ほんとに無理なんだけど。ウザすぎ」

「まずはその口調から直せっ！」

「もう、うるっさいな！　ゴホンッ……」

一向に話が進まない状況に苛立っていたチェルシーは、口調や態度を直すために咳払いをした後に、背筋をピンと伸ばす。

「お父様、お母様。わたくし、もう少しシンプルで可愛らしい色味のドレスが欲しいと思っておりますわ」

「……ッ」

「お父様とお母様の選んでくださったドレスは、わたくしには少々派手過ぎます。それに王妃陛下に気に入っていただけた時のドレスも落ち着いたシンプルなデザインのものでした」

黙り込んだ二人の顔を覗き込むようにして笑みを浮かべた。

「……これで満足？」

そして二人を睨み上げると視線を逸《そ》らされてしまった。両親が用意したドレスを綺麗に畳んでから箱にしまう。

「アタシが嫌いなら嫌いでいいよ。別に今更、アンタたちに好かれようなんて思ってない」

「……！」

「アタシの評判が上がったからって、嫌々何かを与えられるくらいなら何もいらない。そんなもの何の価値もないし、〝チェルシー〟だって両親からこんな態度でいられたら悲しいと思うしね」

「な、なにを……っ」

「今まで買ってもらったドレスがあるからそれでいい」

「あんな地味なドレスを王妃陛下の前で晒《さら》すなッ」

「私たちが王妃陛下からどう見られるのかを考えて言いなさい……っ！」

チェルシーが好きだから選んだと言ったのに、今度は自分たちが買い与えたドレスで恥を晒《さら》すなという。めちゃくちゃな行動と言葉にチェルシーは激しい怒りを感じた。

「じゃあ聞くけど、そんな恥晒《さら》しのドレスしかチェルシーに買い与えなかったのは誰？」

「……っ！」

「――誰だよって聞いてんだよッ！　本当は全部わかってるんでしょ⁉」

「「…………」」

都合が悪くなれば何も答えない二人の姿を見て、悔しさが込み上げてくる。そんな時だった。

「……お父様、お母様、どうされたのですか？」

「ジェニファー、これは……」

「この箱……もしかしてドレスをチェルシーお姉様に？」

ドレスの入った箱を見た途端、ジェニファーは目を輝かせている。やはり今回の件にも彼女が関わっているようだ。頭を抱えた両親は溜息を吐いてから答えた。

「ああ、そうだ。だが残念ながらチェルシーはドレスが気に入らないようだ」

その言葉にジェニファーは唇を歪めて答えた。

「まぁ……！　チェルシーお姉様ったらなんてわがままなの！　折角、わたくしのアドバイスを元にお父様とお母様が気を遣ってくださったのに信じられないわ」

ここぞとばかりにジェニファーはチェルシーを追い詰めようと捲《まく》し立てている。

（……ジェニファーのこういうやり方はもうたくさん。それに自分のアドバイスって言ってるし、ありえないでしょ）

今まではチェルシーが何も言わなかったから成立していた嫌がらせも、チェルシーが声を上げるようになればどうなるのか。いい加減学べばいいのにと思いながらチェルシーは静かに口を開いた。

「だったらジェニファーはこのドレス、どう思うの？」

「え……？」

そう言ってチェルシーは箱を開けてからドレスをジェニファーに見せる。ジェニファーがドレスを見た瞬間、笑顔が一転して表情が固くなる。

「もしこれをお父様とお母様に着てって言われたら着るんでしょう？　二人の気遣いを無駄にしないために」

「……っ」

「断ればわがままになるって言ったもんね」

ジェニファーはチェルシーの反撃に口を噤む。目の前で問われれば逃げられないだろう。父と母の視線を感じるのか、珍しく戸惑っているように見えた。

いつもジェニファーが着ている淡い色の可愛らしいドレスとは真逆の毒々しい色の露出が多いドレスを見て口篭っている。

「ジェニファー？」

「……っ」

しかし両親の視線に耐えかねたのか、ゆっくりと唇を開く。

「す、素敵ではないでしょうか……わたくしとお父様とお母様が選んだんですもの」

「本当にそう思ってんの？」

「えぇ、もちろんよ……！」

ジェニファーの答えにチェルシーは更に問いかける。

「なら、今度これを着てパーティーに出てね。体型、そんなに変わらないから着られるっしょ？」

「……そ、れは」

「それは？」

「わたくしには大人っぽいというか……に、似合わないので…………遠慮、しますわ」

ジェニファーの苦い表情を見て両親は大きなショックを受けている。そして何かを察したのだろう。

「……ジェニファーが何をしたのか、よくわかった」

「わ、わたくしは別に嫌というわけではなくて……！」

「ジェニファー、もういいわ。自分も着たいくらい素敵、これがチェルシーが好きだと言っていたのは嘘だったのね」

「……っ」

母がそう言うと、ジェニファーは伸ばした手を引っ込めて焦っているようにも見える。

すると父から発せられたのは予想外の言葉だった。

「ジェニファー。この間、新しく仕立てたドレスをチェルシーに貸してあげなさい」

「えっ……!?」

「それならばシンプルで色も淡くて上品に見える。チェルシーも文句は言わないだろう」

「ちょっと待ってください！　お父様……っ！」

ドレスを貸せ、という父の言葉を聞いて信じられないといった表情だ。その言葉に明らかに動揺している。

「一度、貸すだけだろう？」

「で、でもあのドレスはわたくしがずっと心待ちにした大切なドレスで……！」

「もう時間がないんだ。王妃陛下のお茶会で下手なものは着せられない。わかるだろう？」

「今回だけよ。ね？」

そんな両親の説得に納得できないのか、ギュッとドレスを握って耐えているように見えた。チェルシーはそんなやりとりを続けながらも強く言えない両親と嫌がるジェニファーの姿を見て溜息を吐いた。そしてチェルシーはゆっくりと口を開く。

「いらない」

「は……？」

「嫌がってるし、無理に借りる必要はないでしょう？」

ジェニファーはその言葉に泣きそうだった顔を上げて、驚いた表情でこちらを見ている。

「今、持ってるドレスでどうにかするから」

「ッ、それではうちの格が問われると何度も言っているだろう!?」

「これがあんたたちが今までしてきたチェルシーの扱いでしょう？　今更、なに言ってんの……？」

「くっ……」

「格ばかり気にするより、もっとちゃんと考えた方がいいことあるんじゃない？」

チェルシーは吐き捨てるように言ってその場を後にした。

（ほんっっっっとに、ありえないんですけど！）

あの後、部屋に戻ったチェルシーの元にひっそりとやってきたルーナンド侯爵たちはチェルシーの希望のドレスについて意見を聞いてきた。オーダーは間に合わないので急いで既製品のドレスを購入すると言っていたので、本心がどこにあるにせよ、チェルシーに歩み寄る気はわずかなりともあるらしい。

しかし「ダミアンとジェニファーには黙っていなさい！」と言っていたのがいただけない。そもそもダミアンならまだしも、どう考えてもチェルシーのドレス事情を把握しているジェニファーにはバレるだろう。

数日後、ルーナンド侯爵の書斎に呼び出されたチェルシーは二人の前に立つ。そして豪華な箱に入っているドレスを受け取り目の前に広げるとチェルシーの希望通りのドレスが入っていた。

淡いミントグリーンのドレスはシンプルで品がいい。露出も控えめでどこに出ても恥ずかしくないし、どの年代にも受けもよさそうだ。

しかしチェルシーにとってはやはり地味に映る。チェルシーが眉根を寄せてドレスを見ていると、ルーナンド侯爵たちはゴクリと喉を鳴らした。

「……あのさ」

「まだ何かあるのか!?」

「まさか、また気に入らないとか言うの!?」

チェルシーが話しかけただけでこの反応である。不満はあるが、チェルシーはドレスを持って頭を下げた。

「ありがとうございました」

「え……？」

「ど、どういうつもりだ！」

「どういうつもりって……ドレスを買ってもらったからお礼を言っただけだけど？」

「……!?」

「前のドレスはヤバかったけど、今回のドレスは可愛いし、急いで準備して探し回ってくれたってリリにゃんとネルっちから聞いたから。本当にありがとう！」

「「………」」

「アタシもカッとなって言い過ぎちゃって、喧嘩腰になっちゃったけど、色々と考えてくれてチェルシーも嬉しいと思うよ！」

「なっ……！」

「でも前の孔雀みたいなドレスはマジでセンスねぇわ！　じゃっ！」

そう言ってチェルシーはドレスを抱えて、自分の部屋に戻るために立ち上がる。

「あれはっ！　ああいうドレスがお前は好きだとジェニファーが言ったから！」

「チェルシー！　待ちなさいっ」

そんな一悶着があったが、無事に当日を迎えたチェルシーは王妃主催のお茶会に行くために準備をしていた。

ジェニファーにこれ以上ドレスのことで嫉妬心剥《む》き出しにされるのも嫌なので、両親の言う通り、チェルシーはドレスを買ってもらったことを黙っていた。

しかしチェルシーがお茶会に着ていくドレスがないと思っていたらしく、わざわざ朝には『チェルシーに貸してあげなさい』と言われたパステルピンクの可愛らしいドレスを着て堂々と現れた。

恐らくチェルシーが地味なドレスしかなく繕ってきたとしても、ドレスを貸せないようにするためだろう。しかしジェニファーは逆に驚くことになる。

「なによ……そのドレス。な、なんで……？」

買ってもらったミントグリーンのドレスを見せつけるように堂々と廊下を歩いているチェルシーを見たジェニファーは、それはもう目玉が飛び出そうなほどに目を見開いていた。朝から叩き起こされたらしいジェニファーの侍女も羨ましそうにチェルシーを見ている。

愕然《がくぜん》とするジェニファーを見ながらチェルシーはニッコリと微笑んだ。

「わたくし、今から王妃陛下のお茶会に行くのだけれど、ジェニファーはそんなに着飾ってどこにいくの？」

「なっ……？」

「今日、お茶会やパーティーの予定があったかしら？　お友達がいないあなたにお誘いがあるなんて知らなかったわ」

「〜〜〜ッ！」

そう言うとジェニファーの顔がトマトのように真っ赤になった。そしてそのままドレスの裾《すそ》を持って部屋に戻っていく。ジェニファーの侍女も困惑しながら後をついていく。

フン、と荒く鼻息を吐き出したチェルシーは見せつけるように「行って参ります」と淑女モードで両親に挨拶するが、チェルシーよりも部屋に逃げ帰ったジェニファーが気になるらしい。未だに両親がどうしたいのかまったくわからない。

（周囲の人から見るチェルシーの評判はすごくよくなったけど、やっぱり邸でのアタシの態度が悪

いのかなぁ……このままだとチェルシーの願いを叶えてあげられない）

そう考えながら馬車へと乗り込むが、チェルシーの気持ちはモヤモヤしたままだった。城についいて馬車から降りると、丁度同じタイミングで馬車を降りるスサナの姿があり、迷わず声を掛ける。

「スーサナ！　やっほー、久しぶりじゃん!!」

「あら、チェルシー。相変わらず元気ね。表裏が激しくて最高に面白いわ」

「ありがとう！」

ケンドールの従姉妹で公爵令嬢のスサナとは何度もお茶をしていた。表情は滅多に動くことはなく、他を圧倒するような美しさもあり人形のようである。

親友であるラブちゃんにそっくりなクールでサバサバとした性格は怖く見えがちではあるが、とても優しくて周りに気遣いができる素敵な女の子だ。チェルシーはそんなスサナが大好きだった。ただ吊り目でキツく見える顔付きがコンプレックスのようで、いつも扇子で隠している。

そんな時、チェルシーの「こんなに美人なのに、隠すなんてもったいないよ～」という言葉により、二人きりの時は少し恥ずかしそうではあるが扇子を取ってくれるようになった。それからスサナとはメイクを研究していかに優しい印象にするかを話し合っている。

「今日のメイク、めっちゃ可愛いじゃん！　スサナってばエモー」

「わたくしにエモエモ言うのはおよしなさい。でもチェルシーに言われた通り、目尻の黒く引く線を下に引いてみたら少しは目つきの鋭さがマシになった気がするわ」

「うん、めちゃくちゃうまいじゃん！　スサナはもっと自分に自信を持った方がいいよ。だって超

美人だし」

「……っ！」

「あはは！　スサナってば照れちゃってかーわーいい！」

「お黙りなさいっ！　怒るわよっ」

顔を真っ赤にして照れているスサナを見て、今日お茶会に呼ばれた令嬢たちは衝撃に目を見開いて口をあんぐりと開けたまま固まっている。

今日はスサナとチェルシーを含めて五人の令嬢たちが呼ばれていた。二人が仲良さげに話す様子に、三人の令嬢も恐る恐る輪の中へ入ってくる。

「わ、わたくしたちもご一緒していいかしら」

「緊張してしまって」

「いいよいいよ、一緒に話そう～！　わかるよ。めちゃくちゃ緊張するよねぇ」

しかし三人の令嬢はチェルシーに対して心の中で「どこが……？」と同じツッコミをいれていた。

チェルシーの軽い口調に、まったく緊張が見えないからだろう。手招きするチェルシーに三人の令嬢たちも嬉しそうだ。そしてスサナも無表情ではあるが照れているように見える。暫《しばら》く話していくと令嬢たちは口々にこう言った。

「ずっとスサナ様と話してみたくて……」

「わたくしと？」

「はい」

「チェルシー様と話しているのを見て、とても親しみやすい方だと思ったんです」

どうやらスサナがいつも扇子で顔を隠していることに加えて、高貴なオーラが原因で近寄りがたい印象があったらしい。たしかに無表情で完璧な立ち振る舞いは人に圧を与えやすいのかもしれない。

「スサナはとっても優しいし、美人だし、完璧だし、世話好きだし、すぐ照れるし、素直で可愛いからアタシはスサナが大好きなんだよねー！」

「ちょっと、チェルシー！　いい加減になさいっ！　いつもわたくしを褒めすぎなのよっ」

スサナは照れているのかチェルシーの肩を突きながら顔を真っ赤にしている。他の令嬢も楽しそうに口元を押さえた。

「ウフフ、お二人は仲がいいのですね」

「チェルシー様はとても楽しい方ですわね」

「お茶会の時から輝いていましたもの……！」

「え、本当？　ありがと～！」


和気藹々と話している五人を、遠くから見つめるのは王妃とバレンティノだった。

「あの子はまるで太陽のようね。周囲を明るく照らすわ」

「チェルシーのことでしょうか？」

「えぇ」

頷いた後、母は珍しく柔らかい笑顔を見せた。

「バレンティノが特定の令嬢を気にするのは初めてね」

「……そうでしたっけ？」

「あら、そうでしょう？」

「彼女に心惹かれているのは事実ですよ」

バレンティノは母の言葉に笑みを浮かべつつ、令嬢たちと楽しそうに話しているチェルシーを見つめていた。この年になってもなかなか婚約者を作る気がなかったからか、母はそのことをずっと心配していたように思う。

婚約者候補の筆頭として、周囲から推されていたスサナは『ある理由』に加えて、昔からどうも互いに苦手意識があることから王太子である自分と婚約することを拒否している。

その理由を知っているのは親友のケンドールと自分くらいだろう。スサナと婚約するだろうと見守っていた母もその気はないと判断したようだ。しかし婚約者が必要な年齢であることもわかっていた。

『そろそろ覚悟を決めなさい』、母から言われたその言葉が重く響いていた。このまま母が選んだ令嬢と婚約するのだろうと思っていた。

そして普段の様子を見たいと王家主催のお茶会を開いていたのは知っていた。母はこの日に向けて準備していたし、大体の目星は決まっていたようだ。

そこに彗星の如く現れたのがチェルシー・ルーナンドだった。

あの一瞬で母の心を射止めたチェルシーの所作は見事だった。堂々とした立ち振る舞いと、凛とした表情に誰もが目を惹かれたことだろう。

以前は控えめでとても優しい令嬢だったことをバレンティノは記憶していた。しかしあの時とはまるで別人のようになっている。そのことも気がかりだったが、今では彼女の不思議な魅力に翻弄されっぱなしである。最近の行動からもチェルシーを気に掛けていることを見透かされていた。隙あらばルーナンド侯爵邸に通い、無意識にチェルシーの話をしていれば当然だろう。

「ですが僕はチェルシーの好みでもなければ、まったく男として意識されていないようです。思えば昔から彼女から声を掛けられたことはなかった」

「そう……どうするの？」

母は心配そうにしている。

「もちろんチェルシーに好意を寄せてもらえるように頑張るつもりです」

「なら暫《しばら》くは見守らせてもらいましょう。だけど今日招待した令嬢たちも素晴らしい子ばかりなのよ？」

「そうですね。ですが僕の気持ちは変わりません。けれど彼女の意思は尊重したいと思っています」

「ふふっ……あなたの気持ちはわかったわ」

「ありがとうございます。母上」

「どうせならば、わたくしたちのように心から愛する相手と結婚して欲しいもの」

「努力します」

「ウフフ、バレンティノの前向きな気持ちが聞けて嬉しいわ。わたくしは行くわね」

「はい」

そう言って母は上機嫌で令嬢たちの元へ向かった。ざっと名前を見ても良識的な令嬢たちばかりだ。そこにチェルシーが新しく加わった。

バレンティノはチェルシーから男性として意識されていないことは明白だった。何度チェルシーの元に通っても、恥じらう仕草も媚《こ》びるような態度も熱い視線もありはしない。逆に自分がここまで興味を持たれないことに、まるで冷水でもかけられた気分だった。

王太子として自信を持つことも必要ではあるが、少々甘く見ていた部分もあったと気づかされたのだ。ケンドールは高みの見物をして楽しんでいる。

(……他の令息に負ける気はないけど強敵すぎて、どう攻めていけばいいかまったくわからないな)

バレンティノが悩んでいる間も、スサナやセオドア、ケンドールは彼女と順調に仲を深めている。それに以前チェルシーが言っていた、タイプはダメな男だというところも引っ掛かる。

(ダメな男、か……)

それは今まで完璧を求められてきた自分とは真逆なものだった。加えて、おそらく物語の中の知識を自分の経験のように話しているだけなのだろうが、豊富な男性経験も引っ掛かる。最近では頭の中が『どうすればチェルシーに好きになってもらえるか』ばかりだったが、バレンティノはもう一つの問題を頭に思い浮かべていた。

（チェルシーはこれからどうするつもりだろうか。僕にできることはしているつもりだけど）

チェルシーには何度も「何かあったら城においで」と言っていたが、チェルシーはルーナンド侯爵邸から動こうとしない。ケンドールやスサナに頼んでみても答えは同じだった。チェルシーの身をずっと案じているが、彼女は何かに執着しているような気がする。

（僕は僕のできる方法で彼女を守ろう）

母と令嬢たちと楽しそうにお茶を飲んでいるチェルシーの様子を眺めながらバレンティノはそう考えていた。

四章

時は少し、遡《さかのぼ》る。

ケンドールが初めてルーナンド侯爵邸にやってきた日のことだ。ジェニファーは盛り上がる三人を置いて引きずられるようにして邸の中へと戻った。誰も何も言わないことに違和感を覚えて、ジェニファーは声を震わせながら叫ぶ。

「わたくしもご一緒したいのに！　どうして？　チェルシーお姉様ばかりっ、ずるい……ずるいわっ」

「……ジェニファー」

「お父様、わたくしももう一度、バレンティノ殿下とケンドール様のところにっ！」

「ダメだ」

「え……？」

こんな風に父から言われたのは初めてだった。しかし皆何故か黙ったままだ。

「ダミアンお兄様！」

「………」

横にいる兄の服の裾《すそ》を引いた。もちろん味方をしてもらい、あの場所へ戻るためだ。しかし結局、それは叶わなかった。

「みんなどうしちゃったの？」

父と母は険しい顔をしている。兄はジェニファーから視線を逸《そ》らしてしまった。

その日からすべてがおかしくなった。

（どうしてチェルシーお姉様ばっかり可愛がられるのよ。おかしいわよね？）

ケンドールもスサナもバレンティノもメイヴ公爵夫人も王妃さえも、チェルシーがいいと言う。

今まではジェニファーが一番だったのに。

（今までうまくいっていたのに、なんで昔みたいに明るいお姉様に戻っているのよ。あんなのは嘘……！　急に元に戻るなんて）

自信がなく地味で暗い。何もできない出来損ないの『チェルシー』。

それがお似合いだった。そのためならジェニファーはなんだってやった。結果チェルシーは、母から怒られ、父に見限られ、兄に嫌われて、侍女たちも離れていく。

期待されずに落ちていく姉を見ていると心が晴れやかな気分になる。チェルシーの評価が沈んでいけばジェニファーが上がっていくから。

(わたくしは価値ある存在なの。チェルシーお姉様なんかよりもずっと多くのものを持っているのよ？)

みんなの愛情を得るのは『いい子のジェニファー』だけでいい。それが正しい形だったはずなのに……

「おかしいっ……！　こんなのは何かの間違いだわ」

「ジェニファー、今回は諦めなさい」

「何を言ってるの!?　お父様とお母様はわたくしが可愛くないの？　チェルシーお姉様にドレスを買ったのに、どうしてわたくしには少ししかなかったのよ！」

「ジェニファーはたくさん持っているでしょう？　それにチェルシーが地味なドレスが好きだなんて嘘だったの？」

「嘘じゃないわ！　わたくしの真似をして愛されようとしているだけよ」

「ジェニファー、あなた……」

「わたくしならば絶対に大丈夫よ？　今までも期待に応えてきたわ。バレンティノ殿下もケンドール様も、メイヴ公爵夫人だって、きっとわたくしの方を気に入ってくださるわ！　あの時、チェルシーお姉様がでしゃばらなければわたくしが王妃陛下のお茶会に呼ばれていたのよ⁉」

「…………」

「なのにどうしてチェルシーお姉様が王妃陛下に誘われてわたくしは行っちゃいけないの？　こんなことはありえないって、お父様たちだってそう思うでしょう⁉」

「ジェニファー……」

「今だってそう！　わたくしがバレンティノ殿下の婚約者として選ばれるはずだったのにッ！」

「これは仕方ないことなのよ」

「仕方ないって何⁉　今まで全部わたくしが一番だったわ。お父様とお母様の言う通りいい子にしていた。お兄様だって、お母様だって、お父様だって、チェルシーお姉様よりもわたくしの方がすごいってそう言っていたじゃない！」

「落ち着きなさいっ！　私たちだって、まさかこんなことになるなんて思っていなかったから戸惑っているのよ！」

「これ以上、侯爵家の評判を落とすわけにはいかないんだ。わかってくれ、ジェニファー」

母も父も意味のわからないことばかり言って、味方をしてくれない。

「ダミアン、お前もしばらくは邸から出るな。ただでさえあのお茶会で、私たちが悪く言われているんだ」

「……ッ、ですが本当はあの女ではなくジェニファーが選ばれるべきだったのです！　それにアイツが俺を陥《おとしい》れなければこんなことにはっ」

「いい加減にしろッ！　今、我々はなんて言われているのか知っているのか⁉」

「……っ」

「チェルシーを虐げていると、ジェニファーやダミアンばかり可愛がってろくに世話をしていないと、そう言われているんだぞ⁉　お前たちが公の場で失態をおかしたことでルーナンド侯爵家の評判が下がり、チェルシーへと同情が集まっているんだ」

「そんなのは嘘よ！　ありえないッ！」

「いいから暫《しばら》くは勝手なことをするなっ！　これ以上、チェルシーに近づいてはならん。チェルシーがメイヴ公爵家と王家から気に入られている以上、余計なことはするな。いいな？」

ダミアンは黙り込んで部屋に戻ってしまった。両親は溜息を吐きながら去っていく。いつも可愛がってくれていた父があんなに怒鳴り声をあげるなんて。このままでは母の愛情もあの女にすべて取られてしまう。

「なんで……？　違う、ダメよ。このままじゃいけないわ……！　こんなことおかしいもの」

兄も母も父も役に立たない。

(わたくしが一番じゃないとダメ。お姉様に奪われちゃう。そんなのダメ。許されない………

チェルシーお姉様はずっとあのままでよかったのに)

ジェニファーは自分に言い聞かせるようにして呟いた。

「取り返さなくちゃ。わたくしが全部元に戻すのよ」

＊　＊　＊

王妃主催のお茶会を終えて数日後。

ルーナンド侯爵は人目を気にしているのか邸にいることが増え、ルーナンド侯爵夫人も夫人会に出席するのを避けている。やはり王家主催のお茶会でのダミアンの態度が尾を引いているようで微妙な立ち位置にいるらしい。そして邸にいる時の両親の態度は、以前よりもずっとよそよそしい。チェルシーが何をやり出すのか気が気でないのか常に視線を感じていた。

ダミアンはというと両親の制止を聞くことなく、いつものようにパーティーに参加したらしいが、その結果はひどいものだったようだ。令嬢たちから避けられて令息たちから鼻で笑われて馬鹿にされたダミアンは挫折を味わい、再び部屋に閉じこもってしまう。「俺は悪くない。俺は関係ない……完璧なんだ」と呪文のように呟いているそうだ。両親の話にも耳を傾けることなく自分の失敗は認められないらしい。

（こんなんでルーナンド侯爵家、継げるの？）

そんな素朴な疑問が頭を過《よ》ぎる。

問題はまだある。というより一番の問題は両親のよそよそしさでも引きこもったダミアンでもない。

あのドレスの一件からジェニファーがストーカーのようにチェルシーを監視するようになったの

だ。直接、何かをしてくることはないが両親とチェルシーの行動に常に目を光らせていて、さすがに恐怖を感じていた。

チェルシーに真っ向から向かっても返り討ちにされると学んだのだろうか。はっきり言って不気味だ。

いい子だったジェニファーの化けの皮は剥《は》がれていき、異常な行動を繰り返す。今までジェニファーを盲愛していたダミアンは部屋から出ていないため、両親の前でも自分への愛を確かめるようにアレが欲しい、コレを買ってとわがままを繰り返すようになった。

しかし両親があまりに過激な要求を繰り返すジェニファーを無視するようになると、ジェニファーの苛立ちの矛先は周囲の人たちに向いていった。

当然、邸で働く人からも冷ややかな視線を向けられるようになる。それが気に入らないジェニファーは「アイツをやめさせて」「コイツが気に入らない」と、両親に訴えかけるという負のループを繰り返している。そして今まではチェルシーにしていた嫌がらせが侍女へと向かったのだろう。ついにジェニファー付き侍女たちは全員やめてしまった。

人を不幸にして自分の評価を上げようとするジェニファーのやり方は最悪なものだった。貶める相手がいなくなれば、彼女は徐々に転がり落ちていく。両親も少しずつ現実が見えてきたのかジェニファー贔屓がなくなり、困り果てているようだ。

「ねぇ……お姉様はどうしてそんなに変わってしまったの？」

「今日はどこに行くの？」

「そのドレス、誰に買ってもらったの？」

「お姉様ばっかり……ずるいわ」

「いいなぁ……お姉様の侍女は優しくて」

血走った目で問われる言葉にチェルシーの顔は歪むばかりだ。リリナやネルも警戒してくれているおかげで今のところ、大事には至っていないが、ある時はチェルシーの部屋の前に立って何かを呟いていたこともあるそうだ。

一度「言いたいことがあるならハッキリ言ってくれない？」と問いかけたところ、ジェニファーはニッコリ笑って「別に」と呟いて踵を返してしまった。

バレンティノとケンドールが来た時だけは、いつものジェニファーに戻るのだが、その時の全力で媚《こ》びる態度と甘ったるい声と強烈な花の香りにチェルシーは「うげぇ」と声を漏らしてしまう。

バレンティノとケンドールの好意だけでもどうにかして手に入れたい。そんな気迫を感じさせるが、二人は慣れた様子でジェニファーを躱している。二人の視界にまったく入っていないのだが、ジェニファーには都合の悪いことは見えていないようだ。

スサナにはノータッチで、何故かセオドアにだけはジェニファーの態度が辛辣《しんらつ》なのも気になるところだ。それが更にバレンティノとケンドールからの好感度を下げていた。

こんな状況では、もしも帰る方法が見つかっても、本物のチェルシーに身体を返せないとは思うが、幸か不幸か、元の身体に戻る方法は相変わらず見つからない。

（なにかヒントがあればいいのに……。元のチェルシーはどこにいるんだろう）

自分の魂がチェルシーの身体に入り込んでしまったのなら、チェルシーの魂は、キララの身体に入ってしまったか、身体をなくして彷徨っているはずだ。そう考えて調べてみたが、手掛かりになりそうなものは何もない。

結果として今のチェルシーは、何も解決していないが自分からできることはない、という中途半端な自由時間を手に入れているのであった。


そしてチェルシーは今日、ルーナンド侯爵邸に遊びにくるスサナを門の前で待っていた。すると邸の門の前で止まったのは王家の紋章がある見覚えのある馬車。窓からひょっこりと顔を出したのはセオドアだった。

「セオじゃん！　どうしたの？」

「チェルシー……！　連絡もなしにごめんね」

「今日は一人？」

「うん、そうなんだけど」

チェルシーは馬車から降りたセオドアに駆け寄った。初めは女の子と間違えるほど可愛らしい見た目と常にオドオドして頼りない雰囲気だったセオドアだが、最近は吃らずにチェルシーと目を合わせて話せるようになっていた。

バレンティノとケンドールはよく邸に来ていたのだが、最近ではセオドアもついてくることも増えた。一緒に花冠を作ったり、お茶を飲んだりするうちにスサナと同じように友人としてとても親しくなったように思う。隠れていた男らしい部分を見つけてはセオドアに伝えていた。

「セオは絶対にいい男になるよ！」

チェルシーがそう声を掛けていたからか、セオドアの中の何かが変わったとバレンティノが教えてくれた。

それからルーナンド侯爵邸によく悩み相談をしにチェルシーに会いに来てくれるようになった。セオドアが「チェルシーと話しているとボクまで強くなった気分になるんだ」と言っていたことを思い出す。

「兄上がいないところで相談したいことがあって……！」

セオドアが一人で邸に来ることにも驚きではあるが、チェルシーはそれ以上に大きな成長を感じていた。しかし今日はスサナと約束をしていたことを告げるために口を開く。

「アタシは全然大丈夫なんだけど、今日はスサナが遊びにくる日なんだよね！　その後でもいい？それか一緒にお茶する？」

「……ッ!?」

スサナの名前が出た途端、セオドアの表情がわかりやすいほどに固くなり頬が真っ赤に染まる。

スサナとバレンティノが犬猿の仲なのは知っているが、セオドアの反応を見る限り彼とも仲がよくないのかもしれない。セオドアの視線は大きく揺れて、明らかに動揺しているように見えた。

「セオ、どうしたの？」

「ぼっ、ボク……やっぱり、また今度でいいや」

「え？　でも、折角来てくれたんだし」

「今度、手紙でちゃんと予定を確認してから来るよ！　じゃあ、またね」

そんなタイミングでスサナが乗った公爵家の馬車が到着する。相変わらず圧倒的なオーラを放ちながら馬車から降りてくるスサナとセオドアの目が合ったような気がした。二人がピタリと動かなくなってしまい、何が何だかわからずにチェルシーは声を上げた。

「おーい、スサナ？」

スサナの視線が一瞬だけ鋭くなる。しかしそれはチェルシーやセオドアに向けられたものではなく、驚きと何か別の感情が混ざっているような気がした。

「えっと……セオ？」

チェルシーはどうすればいいかわからずにセオドアに問いかけると、大きく肩を揺らしたセオドアは「ま、また連絡するからっ！」と一目散に馬車に駆け込んで行ってしまった。

「えっ!?　ちょっと待って、セオってば！」

「…………」

チェルシーは手を伸ばしてセオドアを引き留めようと名前を呼ぶが、そんな叫びも虚しくセオドアの乗せた馬車は凄まじい勢いで去って行く。スサナは馬車をいつもと同じ無表情で見つめていた。

セオドアが怒って帰ってしまったと思ったチェルシーは珍しく戸惑っていた。震える声でスサナに声を掛ける。

「スサナ、ごめんね……！　アタシがなんか余計なこと言っちゃったのかも。よくわかんないけどセオが怒って帰っちゃった」

「チェルシーのせいではないわよ」

「あっ……！　相談があるって言っていたから、もしかしたらセオ、何か思い悩んでいたのかもっ」

連絡もなしに来たということは思い詰めていたのではないかと思い、チェルシーはその場で右往左往していた。

「違うと思うわ。チェルシーのせいじゃないのよ」

「……？」

「とりあえず中に入りましょう。そこで話すわ」

スサナが何のことを言っているのかわからずにチェルシーは首を傾《かし》げた。そしてスサナに連れられるがまま侯爵邸の中を歩いていく。侍女たちはスサナから発せられる圧に深々と頭を下げていた。

リリナに紅茶を淹れてもらいながら、スサナの言葉を待っていた。いつもと同じように見えて、やはりスサナの様子がほんの少しだけ違うように思えた。

わずかな変化だがチェルシーには少し悲しそうに見える。チェルシーは紅茶に砂糖をたくさん入れてもらいながらスサナの言葉を待っていた。

チェルシーが緊張でドキドキした胸を押さえていると……

「わたくし、嫌われているの」

スサナは紅茶を飲みながら淡々と言った。しかしチェルシーはすぐに反論するように口を開く。

「えっ、ちょっと待って！　アタシ、スサナのこと大好きだけど。納得できない！」

「ゴホンッ、あなたのことではないわ」

「でも……」

「そ、それに……チェルシーがわたくしのことを好きなことくらいわかっているわよっ！」

尻すぼみになっていく声。スサナは照れているのか頬を赤く染めて視線を逸《そ》らしながら呟いた。

その言葉にチェルシーは瞳を輝かせていると、スサナは誤魔化すように咳払いをする。

しかし気になるのは嫌われているという言葉だった。言葉は悪いがスサナは誰に何を言われても気に掛けるようには思えない。常に強さや逞しさのようなものを感じる女性だ。そんな彼女が嫌われている、と認識してわざわざ口に出すのは、よっぽどのことではないだろうか。

「じゃあ嫌われてるって、誰のこと？」

「………。セオドア殿下よ」

「セオに？　なんで？」

「さぁ……」

スサナは目を伏せてそう答えた。理由もないのに嫌われているという事実に言葉の意味がわからずに首を傾《かし》げる。

「昔からそうなのよ。見た目や雰囲気がいけないのかしら」

「スサナがセオに何かしたわけじゃないってこと？」

「えぇ、わたくしが覚えている限りでは」

スサナの表情がわずかに歪んだ。いつも何があっても冷静で表情が動かない彼女が、セオドアの話題が出ると大きく揺れ動いていくような気がした。

「もしかして、スサナってセオが好きなの？」

「……っ！」

自然と口から出た言葉だったが、面白いほどにスサナの頬が真っ赤になっていく。まさかスサナがセオドアに恋心を寄せているとは思わなかったチェルシーは口元を押さえながら「マジか」と呟いた。ラブちゃんに「テメェは鈍い」と言われていたが今回は珍しく勘が当たったようだ。

「マジかぁ……スサナのタイプがセオなの意外じゃね!?」

「——お黙りっ！」

珍しく顔が赤くなりティーカップを持つ手が震えている。慌てているスサナを見てチェルシーはニンマリと唇を歪めた。

「スサナの恋バナ聞きたぁい」

「チェルシーッ！　大きい声を出さないでちょうだい」

スサナが立ち上がると急いでチェルシーの口を塞ぐ。

「ばっべびびだいんばもん」

だって聞きたいんだもん、そう言うとスサナは焦ったように声を上げる。

「わかったからお黙りなさいっ！　き、機会があったら話すつもりでしたのにっ」

スサナはそう言いつつも周囲をキョロキョロと見回してからチェルシーの口から手を離す。

「次、大きな声を出したら紅茶をぶっかけますわよ？」

スサナに睨まれてしまい、チェルシーは小さく頷いた。普段はクールで可愛いのにキレると超怖い……こんなところも親友のラブちゃんにそっくりである。

「元々、わたくしはお父様について城に出入りしていたのよ。セオドア殿下とも昔はよく遊んでいたのだけれど、セオドア殿下は次第にわたくしを怖がるようになってしまって……」

「スサナのどこが怖いの？」

「…………。そう思っているのはあなただけよ。この間も令嬢たちが同じようなことを言っていたでしょう？」

「えー、そうかなぁ」

「そんなところもチェルシーらしいわ。セオドア殿下とも、あっという間に仲良くなったでしょう？　わたくしは何年も何年も距離を詰めようと頑張っているけれど、結果はいつも同じ。セオドア殿下はわたくしのことを嫌ってる。避けられて終わりなのよ」

そのままスサナは、セオドアに出会った時からずっと彼が気になっており恋心を抱いていた、と話してくれた。自分なりにアタックしてみるものの一方的に避けられてしまい、話しかけることすらままならない状況になってしまったそうだ。

「ケンドールお兄様とバレンティノ殿下は早々にわたくしの気持ちに気づいてくださって、なんとか手を回してくれたけれど」

「手を回したって？」

「バレンティノ殿下の婚約者候補になった時だってそう。わたくしとバレンティノ殿下は元からあまり仲はよくないけれど、この件だけは本当に感謝しているの。王妃陛下にスサナとの結婚だけはと止めてくださったんですもの」

「ティノが……？」

「まぁ、あの腹黒のことだからセオドア殿下を心配してのことでしょうけど。わたくしと結婚すれば彼も公爵を継げて安泰でしょうから」

スサナはセオドアのために頑張って自分を磨き上げているつもりが、バレンティノの婚約者に相応しいとどんどんと持ち上げられてしまう。スサナはセオドアとの未来のために力を尽くそうとしていたのに結果はすべて空回りしてしまった。

このままでは……そう思っていた時、チェルシーが現れたそうだ。

「チェルシーのおかげなの」

「アタシなんかしたっけ？」

「ウフフ、バレンティノ殿下も苦労するわね。いい気味だけれども」

「え……？」

「こちらの話よ。気にしないでちょうだい」

その言葉にチェルシーは頷いたが、悲しそうなスサナを励ましたくてチェルシーはリリナとネルに声を掛ける。

「スサナ、元気出して！　このケーキ、めちゃくちゃ美味しいから食べて食べて」

「ありがとう。いただくわ」

美味しいケーキやお菓子を食べながらスサナの話を聞いていた。初めは控えめに話していたが、セオドアとの思い出話をする時だけ目がキラキラしているのを見て嬉しくなる。

スサナはセオドアが自信をなくしてしまった件について、成長するにつれてバレンティノに比べられる劣等感や逆に成長しても変わらない可愛らしい見た目が原因だと語った。子供の頃はスサナを引っ張って色んなところに連れ回していたほどに元気で活発だったそうだ。「じゃあセオは元に戻りつつあるんだね」と言うと、スサナは真剣な顔でチェルシーに問いかけた。

「チェルシーはよくセオドア殿下と二人きりでお茶をするのかしら？」

「いつもはティノやケンと一緒。今日は相談したいことがあるからって言われたんだけど……」

「羨ましいわ。わたくしなんてセオドア殿下に最近、ご挨拶すらできてないのに」

先ほど嬉しそうに話していたスサナだったが、一気にテンションが下がってしまう。

「でも、何かきっかけがあったんでしょう？」

「それがわからないの。セオドア殿下を怖がらせたくないけど……わたくしの顔が悪いのかしら」

スサナはそう言うと眉を顰《ひそ》めていた。スサナには他の令嬢たちにはない迫力があり、王妃主催のお茶会でもわかる通り、令嬢たちからも話しかけづらいと思われていたようだ。顔と聞いたチェルシーはスサナの全身をじっと見ながら顎に手を置いた。

一目でスサナとわかる濃い赤色のドレスにキツく巻いた髪。真っ赤な唇。吊り目を更に引き立たせていた化粧は垂れ目気味にアイライナーを引いたとしても、男性から見たら印象はそこまで変わらないのかもしれない。スサナとメイヴ公爵夫人には似たような圧力を感じていた。

逆にチェルシーは元々気弱で柔らかい印象があり、今でも侍女二人の勧めで可愛らしく明るい色のドレスを着ていることが多いため、セオドアが話しかけやすいのかもしれない。

「つまりはスサナの見た目を変えてみたらセオは怖がらないってこと？」

「そうだとわたくしは思っているのだけれど……他に避けられている理由がわからないわ。わたくしたち話してすらないんですもの」

「なら簡単じゃん。アタシに任せて！　そしたらセオを呼んでリベンジしよ」

「一体何をするつもり？」

「好きな人に好きになって欲しいって気持ち、アタシもよくわかるもん！　アタシはスサナに幸せになって欲しいから全力で応援するよ！」

「でも、こんなわたくしが……本当にできるのかしら？」

「やらない後悔より、やってから後悔した方がいいって言うじゃん？　誰かにセオを取られたら悲しいし、一生引きずっちゃうんじゃない？」

「……そうね。もしそうなったらわたくし、その令嬢をぶっ潰してやりたくなっちゃうかもしれないわ」

真顔でそう言ったスサナにチェルシーは苦笑いを浮かべた。今までで一番、スサナが怖いと思った瞬間だった。

『後悔したくない』

それはチェルシーがいつも思っていたことだった。

「昔ね……アタシも自分に自信がなくて、自分から声を掛けたりするのが苦手だった。気持ちがうまく伝えられなくて、いつも後悔ばっかりしてたんだ」

「……そう」

「周りに気ばっかり使ってさ、みんなに好かれようって必死で空回りして、その時はめちゃくちゃ苦しかったなぁ」

「チェルシー……」

「でもね、アタシに〝辛くないの？〟って言ってくれた友達がいたんだ。それからは自分の好きとか新しいことに挑戦して、恥ずかしい失敗をたくさんしたけど、知らない間にどんどんと世界が変わっていったんだよね」

「世界が、変わる……？」

「うん、だからスサナも一緒に頑張ろうよ！　やってみたら何か変わるかもしれないし」

うまく言葉がまとまらないが、チェルシーはスサナに必死に訴えかける。するとスサナは優しい笑みを浮かべてから頷いた。

「ありがとう、チェルシー。その通りだわ。あなたに出会えてよかった。きっとケンドールお兄様やバレンティノ殿下もセオドア殿下も、そう思っているのでしょうね」

いつの間にかスサナの悲しそうな表情は消えて、嬉しそうに微笑んでいる。これからどうしていきたいのかをセオドアの性格を考えつつも話し合う。次第にチェルシーの好きな人は誰なのかという話に移っていった。

「チェルシーは気になっている方はいないのかしら？」

「アタシ？　えー……あんまり意識したことないなぁ」

「ケンドールお兄様は？」

「ケンはお兄ちゃんって感じかな。頼りになるし優しいから！」

「バレンティノ殿下はどうなの？」

「ティノ？　ティノは……とにかくキラキラしてて眩しいって感じかなぁ。最近、かっこいいなーって思ってるんだけど、今まで好きになったタイプと違いすぎて……うーん」

「今まで好きになったタイプって？」

スサナに自分のタイプを話すと「殿方を好きになる前にちょっと考えた方がいいわよ」と眉を顰《ひそ》めている。痛いところを突かれて胸元を押さえながら唇を尖らせた。

「チェルシーは、もっと自分のことを大切にしなさい」

「だってさぁ……」

「それこそバレンティノ殿下とチェルシーは相性がいいと思うわよ？」

「アタシとティノが？　まさかぁ！」

「そうよ。わたくしとバレンティノ殿下は似たもの同士だし、好きになるタイプが似てるもの」

スサナの言葉にチェルシーは目を輝かせた。次第に顔が赤くなっていくスサナを見て、チェルシーは椅子から立ち上がって思わず叫んだ。

「やっぱりスサナ、大好き！」

「わたくしもあなたを嫌いじゃないわ」


それからスサナと共に、セオドアに避けられないようにするための作戦を練る日々が続いた。

チェルシーの提案に初めは首を横に振って否定的だったスサナも、チェルシーの熱意に押されて承諾することが増えた。そして時間を掛けてスサナとリリナとネルと共に試行錯誤した結果、スサナは素晴らしい変貌を遂げる。

そして満を持してバレンティノとセオドアをお茶に招待する手紙を出す。すると快諾の返事が返ってきたが、スサナはセオドアが来ないのではとハラハラしていた。

当日、ルーナンド侯爵邸にやって来たセオドアとバレンティノを見てチェルシーはホッと息を吐き出した。スサナはセオドアに無理をさせたくないからと中庭で待機している。

「ティノ、セオを連れて来てくれてありがとー！」

「いや、こちらこそ挽回のチャンスをありがとう。セオドアからこの間はチェルシーとスサナに失礼な態度を取ったと聞いたよ。ほら、セオドア」

セオドアは気まずそうにバレンティノの後ろに隠れている。

「…………ごめん、チェルシー」

「アタシは全然いいって！　それよりもさ、セオはなんでスサナを見て逃げたの？　あんなに美人で優しくて可愛くって、面白くて気を遣える女の子ってなかなかいない気がするけど。今だってセオを怖がらせたくないからって中庭で待ってるんだよ？」

「ぁ……」

チェルシーがスサナを誉めていると、前にいるセオドアは俯《うつむ》いて指をツンツンと合わせながら、ぽそりと自分の気持ちを語り始めた。

「ス、スサナ嬢が悪いわけじゃないんだ。ボクに勇気が、ないし……こんなんだから」

「ん？　なになに、もう一回言って？」

セオドアの声が聞こえずにチェルシーは耳を傾ける。モゴモゴと口篭るセオドアの肩にバレンティノが手を添えた。セオドアは顔を上げてから震えている唇を開く。

「スサナ嬢は……いつも堂々としていて完璧だからボクにとって手の届かない存在なんだ」

「それって、つまり……？」

「兄上の婚約者候補になるくらい素晴らしい令嬢で、チェルシーの言う通り優しくて、美人で、かっこいい………ボクなんかが話しかけたら迷惑かもしれないし」

「セオドア、そんなことはないと何度も言っているだろう？」

バレンティノはセオドアを諭すように言っている。チェルシーはそんな様子を見て、ポンと手を叩くようにして言葉を発した。

「あっ、わかった。セオはスサナが好きだけど恥ずかしくて話しかけられないってことね！」

「ッ！　ちがっ、スサナ嬢は、あっ、憧れで……っ！」

ブンブンと手首を千切れるほどの勢いで振っているセオドアを見て、チェルシーは納得するように頷く。そのタイミングで、建物の影に人影が映ったのをバレンティノだけが気づいた。いつまで経ってもチェルシーやセオドアたちが来ないので、スサナが様子を見に来たのだ。しかしそのことに気づかないチェルシーは思いついたまま声に出した。

「もしかして、スサナとセオって両思いじゃね？　だってさ、んぐっ……!?」

バレンティノがチェルシーの口を慌てて塞ぐ。何が起こったのかわからずにバレンティノを見上げると彼の視線の先に、スサナが呆然としている姿が見えた。ゆっくりとバレンティノの手のひらが離れる。セオドアもスサナの存在に気づいたようだが、体が固まったように動かなくなってしまった。

「あっ、やべ……！」

チェルシーはそこで初めて自分の失言に気づく。しかしセオドアはチェルシーの言葉よりもスサナに気を取られているようで大きな目をさらに見開いている。チェルシーは誤魔化すようにヘラヘラと笑いながら、恥ずかしがって影から出てこないスサナの元に向かい彼女の手を引いた。

「スサナ、行こうよ！」

「やっぱり嫌よ！」

「大丈夫だからっ！」

そんな攻防戦をしていたが、チェルシーに引きずられるようにしてスサナは足を進めている。スサナは今日、赤や紫色の大人びたドレスではなくレモンイエローの柔らかい印象のドレスを着用している。

いつもキツく巻いていたレッドブラウンの髪も今は緩く巻いてハーフアップにしていた。メイクも優しい印象になるように、リリナとネルと協力してスサナに似合うように研究したのだ。セオドアもスサナの大きな変化に驚いているようだった。

しかし二人が言葉を交わすことはない。チェルシーはいたたまれない空気をどうにかしようと明るい声を上げた。

「じゃじゃーん！　今日はスサナとお揃いのドレスと髪型なんだよ？　可愛いでしょ？」

「ご、ごきげんよう。バレンティノ殿下、セオドア殿下」

丁寧に挨拶しようとするスサナの手を握り、くるりと回って二人にドレスを見せていた。チェルシーもスサナと同じ髪型にして色違いの薄紫色のドレスを着ている。頑張って場を盛り上げようとするチェルシーを見て、バレンティノは笑みを浮かべた。

「とても可愛らしいよ。チェルシー、スサナ」

「やっぱり？　でもティノが言うとなんかチャラいね」

「チャライ……？」

「褒め慣れてるって感じ？」

「そうかな？　僕だってプライベートくらいは本音で話したいし、いつもチェルシーを可愛いなと思っているよ」

「わーい、ありがとう！」

スサナは恥ずかしくなってきたのか顔を真っ赤にして、ちょこんとチェルシーのドレスの生地を掴み、後ろに隠れている。そのスサナの珍しい姿に、セオドアの目は釘付けになっているようだ。チェルシーがスサナの肩を叩くと、チラリと見えるグリーンの瞳は潤《うる》んでゆらゆらと揺れ動いている。

「セオに怖がられないようにって、努力したんじゃん！　大丈夫だって」

「ちょっと、チェルシー！」

チェルシーの言葉にスサナは口を塞ぐように手を伸ばした。しかしチェルシーも顔を背《そむ》けて応戦する。

「痛っ！　スサナはすぐ怒るんだから……っ」

「それは言わない約束でしょう!?」

「だって自分じゃ絶対に言えないっていったじゃん！」

「だからって……！」

スサナはチェルシーの胸を叩きながら不満をアピールしている。いつもとは違い感情が表に出ているスサナを見て、セオドアとバレンティノも驚いているようだ。

「スサナはセオに避けられないようにって、めちゃくちゃ努力したんだから！」

「ちょっと、チェルシー！」

「前から言ってるけど、言葉にしないと何も伝わらないんだよ？　二人とも頑張ろうよ。このまま後悔することになっても知らないんだから……！」

チェルシーの言葉にセオドアとスサナは肩を揺らす。そして、ぐっと拳を握ったセオドアは顔を真っ赤にしてスサナに震える手を伸ばした。

「セオドア、殿下……？」

「とても可愛らしい、です。スサナ嬢」

セオドアの小さな声はスサナにはしっかりと届いたようだ。二人共、顔から湯気が出そうなくらい真っ赤になっている。

スサナもセオドアの言葉に「ありがとうございます。嬉しいですわ」と、呟いて伸ばされた手を取った。

まるで初恋のような甘酸っぱさと初々しい姿を見てチェルシーは大興奮だった。

それからセオドアはスサナをエスコートしようとしているが、両手と両足が一緒に出ておりモタモタしている。スサナもどう声を掛けたらいいかわからないようで、緊張がこちらまで伝わってくる。チェルシーが声を掛けながら歩いていくと、二人はホッとした様子で歩いている。やはり何もかもが急にうまくいくことはないようだ。

そして花が咲き誇る中庭ベンチに座って、たどたどしくも話している二人を見守りながらバレンティノとお茶を飲んでいた。

「ティノ、みてみて！　すっごくいい雰囲気じゃない？」

「そうだね」

「スサナってば、嬉しそう！」

「まさか何年も長い間、彼らが思い悩んでいた問題を一瞬で解決しちゃうなんてね……強行突破ともいうのかな」

「そうなの？」

「ありがとう、チェルシー。僕らではどうしようもなかったから嬉しいよ」

「ティノもセオを連れてきてくれてありがとね！」

「ああ。セオドアもだけど、チェルシーの喜ぶ顔が見られてよかったよ」

「またまた〜！　ティノってば、そういうことばかり言って」

「言っただろう？　僕はチェルシーの笑顔が好きなんだ」

「……え？」

「もちろん、おっちょこちょいなところも優しいところも正直すぎるところも、すべて可愛いと思っているよ」

「えっと……あ、ありがとう」

バレンティノの言葉をうまく躱すことができずにチェルシーは吃ってしまう。信じられないくらいイケメンで令嬢たちの憧れであるバレンティノに褒められるのはいい気分だったが同時に初めての気持ちに戸惑っていた。

バレンティノは一緒にいて落ち着くし、助けてほしいときに顔が浮かぶ。ケンドールとはまた違うが頼りになるしカッコいいと思っている。

（ティノは今までの恋愛とは全然違うんだよなぁ。今まではアタシがどうにかしないとって感じだったし。ダメ男しかいなかったもん）

どう対処していいのかわからずに慌てているチェルシーとは違い、バレンティノはキラキラと輝くような笑顔でこちらを見ている。ジリジリと追い詰められていくチェルシーだったが、そんな時タイミングよくある人物が現れる。

「チェルシーに頼まれていたものを持って来たんだけどお邪魔だったかな？」

「ケン……！」

「やぁ、ケンドール。強いて言うなら最悪なタイミングかな」

バレンティノとケンドールは親友で、父親が従兄弟なのだそうだ。そう思うと人を惹きつける端正な顔立ちは遺伝子なのかと納得してしまう。

二人の雰囲気はどことなく似ているが、バレンティノは上品で体の線も細く中性的な美しさを持っている。ケンドールは爽やかで紳士的。それに体格もよく頼りになる存在だった。

ケンドールから守るように移動させられたチェルシーは、前に置かれた可愛らしい箱を見て目を輝かせた。

「あとチェルシーの大好きなクッキーを買ってきましたよ」

「わー！　ありがとう。こんなに早く手に入るなんて……！　ケンに頼んでよかった」

「ねぇ、チェルシー。そろそろおかわりの紅茶をもらったらどうかな？　チェルシーは砂糖を三つだっけ？」

「うん！　ティノ、ありがとう」

「僕も次はチェルシーが好きだと言っていたケーキを持ってこようかな」

「ほんと⁉　あのケーキ、マジで大好きなんだよね～」

ケンドールはバレンティノを見てクスリと笑った。

「嫉妬深い男は嫌われますよ？　バレンティノ」

「ケンドール、わかっていてやっているんだろう？」

「そんな意地悪はしませんよ」

「どうかな」

大好きなケーキが食べられることに喜んでいたチェルシーは、ふと思い出したようにスサナとセオドアの関係が一歩進んだことを満足げにケンドールに報告していた。

「なるほど、さすがチェルシーですね。随分と強行突破だったみたいですが、まさかの大成功ですか」

「だってさ、まさかセオがスサナを好きだとは思わないじゃん？　二人が両思いだったことが嬉しかったから、つい口が滑っちゃってさ」

「結果的に二人の距離は縮まったのですから大丈夫ですよ」

「だよねー！　さっきはスサナにガチでキレられるかと思って焦った焦った！」

すぐに開き直ったチェルシーは安心したようにお菓子に手を伸ばす。

「昔は仲良かったんだけど急にね。僕たちには二人が想いあっているのはわかりやすかったんだけど、スサナは色々と隠すのがうまいし、セオも自信がなくて踏み出せなかったみたいなんだ」

「ふーん、そうなんだ」

「スサナはセオドアに会いたくて、城に通いながら色々と頑張っていたけれど見事に空回りして、僕の婚約者候補になってしまうし……」

バレンティノはそう言って溜息を吐いた。

「スサナとティノって、なんでそんなに仲悪いの？」

「ははっ、チェルシーは素直ですね」

「はっ……！　もし答えたくないなら大丈夫だからね。嫌な思いしたらマジでごめん！」

頭を下げるチェルシーを安心させるようにバレンティノは笑顔を見せた。

「大丈夫だよ、チェルシー。きっかけは初めて会った時からなんとなくって感じかな。単純に僕たちは相入れない存在なんだよ」

「へ、へぇ……」

「二人は似た者同士なのですよ。だからこそ反発してしまうのです」

バレンティノの笑顔はいつもと違って、恐ろしい圧力を感じていた。スサナがバレンティノの話をしていた時も、同じような表情をしていたことを思い出す。これ以上、触れてはいけない話題な気がしてチェルシーは話を逸《そ》らすための話題を探す。

ベンチに座っているスサナとセオドアはすっかり二人だけの世界だった。やはり痛い目にあってもまた恋をするのは、こうした特別な幸せをもう一度味わいたいと思うからだろう。

「いいなぁ……アタシも新しい恋したいな」

ポツリと呟いた言葉にバレンティノとケンドールは目を見開いている。

「僕なんかどうかな？」

「え……？」

「新しい恋の相手、探してるんだろう？」

バレンティノの言葉を理解できずにチェルシーは固まっていた。ピンク色の瞳がまっすぐにこちらを見つめている。優しい笑顔に心臓が大きく音を立てた。

「だ、あっ……！」

バレンティノの不意打ちにチェルシーの口から変な言葉が漏れる。ケンドールもそんな様子をにこやかに見つめていた。

「チェルシーのその反応は、脈ありだと捉えていいのかな？」

「待って、ティノはずるいっ！　こんな、いきなり……！」

「ずるい？　僕は今、正々堂々とチェルシーを口説いているよ？」

「わああぁっ！　口説くって何⁉　もう、いいから口閉じてってば！」

慌てるチェルシーを見て、ケンドールが「ほどほどにね」と、止めに入る。そんな和気藹々と話している三人を遠目から見ている二つの影があった。

＊　＊　＊

「許せない……あそこはわたくしの居場所だったのにっ！」

ジェニファーはガリガリと爪を噛みながらそう言った。ダミアンが心配そうに頭を撫でるが、目は血走って、吐く息は荒い。

「可哀想に」と言ったダミアンにジェニファーは胸元に掴みかかるようにして叫んだ。

「ダミアンお兄様、早くわたくしを助けて。またチェルシーお姉様がわたくしを除け者にするのよ？」

「ジェニファー……」

「きっとチェルシーお姉様は皆様にわたくしの悪口を言っているんだわ！　だってバレンティノ殿下もケンドール様も、わたくしに話しかけてくださらないんだもの……こんなのおかしいでしょう？　おかしいわよね？　わたくしのほうがずっと可愛いし、バレンティノ殿下やケンドール様の隣にはわたくしの方が似合うのに！　わたくしの方が特別。愛されるべきなのはわたくしの方なのよ」

「ああ、ジェニファーの言う通りだ」

その言葉に、ジェニファーはピタリと動きを止めてこちらを見上げた。真っ赤な唇は大きな弧を描いていた。

「お兄様だけよ。わたくしのことをわかってくださっているのは……お父様もお母様も、最近おかしいんだもの」

「……あぁ」

「それもすべて、チェルシーお姉様のせいなのよ！」

「その通りだな」

ジェニファーはそう言ってドレスを掴み、千切れそうなほどに握っている。ダミアンも部屋に謹慎を命じられて数ヶ月経つが、いまだに外に出ることに両親は嫌な顔をする。

もう大丈夫だろうと勝手に参加したお茶会では最悪な目にあった。完璧なはずの自分をバカにする令息たちの声。結婚してほしいと強請ってきた令嬢たちですら「やっぱりね」と声を揃える始末だ。

その現実が信じられずに部屋で考えていた。そしてある一つの答えに辿《たど》り着く。すべての悪の根源はチェルシーなのだと気づいてしまったのだ。

(今までのように大人しく言うことを聞いていれば、あんなことにならずに済んだんだ。すべてジェニファーの言う通り、チェルシーのせいだ。この俺があんな目にあうなんて……許されない)

公の場で叫んだのはジェニファーを守るため。あとはチェルシーが頭に血が上るようなことを言ったのが原因だった。それなのにバレンティノがチェルシーの味方をしたせいで自分は白い目で見られることになり、知らぬ間にケンドールも関わったせいで、自分の評価は下がりつつある。許されないことだ。

あの二人はいつもチェルシーの肩を持つ。密かに想いを寄せていた公爵令嬢のスサナにも軽蔑したような視線を向けられているが、気のせいだと言いきかせていた。

(クソッ……！　クソッ、クソッ！　全部あの女のせいだ)

そしてチェルシーは、今までの恨みを晴らすように、バレンティノやケンドールを連れてきてはジェニファーや自分にその様子を見せつけている。そして恐ろしいことに両親に歯向かってはわがままを言い、文句を吐き散らしている。

ジェニファーはそんなチェルシーの態度に苦しめられて、こうして助けを求めるようにして涙を流していた。

昔からジェニファーは可愛かった。

『ダミアンお兄様が一番ですわ』

『お兄様は世界で一番かっこいい。わたくしを理解してくれるのはダミアンお兄様だけよ』

しかしチェルシーは根暗でいつもオロオロしていて要領が悪い。いつも小さな声で何かを呟くだけ。動きも鈍くて見ているとイライラした。

『ごめんなさい』

『そんなつもりじゃないの……』

愛嬌のある妹と根暗でつまらない妹、どちらを可愛がるのかなんて明白だろう。それにいつもジェニファーに言われていた言葉があった。

『チェルシーお姉様はダミアンお兄様を裏で貶していて悪口を言っているのよ。わたくしはよくないと思って止めたんだけど、きっと自分が可愛がられないことが許せないんだわ』

『それは本当か？』

『侍女にお兄様の文句を言っているのを聞いてしまって、それでお兄様に言おうか迷ったんだけど……』

『教えてくれてありがとう、ジェニファー』

優しいジェニファーはそれからもチェルシーの悪事をこっそりと教えてくれた。表向きはビクビクしているくせに、裏で吐き散らす毒にチェルシーのことを軽蔑するようになる。そして両親も何もできないチェルシーを見放し始めた。

しかし、突如としてチェルシーの何かが変わった。

(今までのように大人しくしていれば、まだこの邸にいさせてやってもよかったのにっ!)

最近ではチェルシーの侍女たちもこちらを警戒するように見てくるのに加えて、どこか邸で働くものたちの態度もよそよそしい。チェルシーが奴らを連れてくるからだろう。

「これ以上、あの女に好き勝手させるわけにはいかない」

「うふふ、素敵……さすがダミアンお兄様だわ」

「俺はルーナンド侯爵家の次期当主として、名誉を回復しなければならないんだっ!」

「わたくしの言うことを聞いていればお兄様は大丈夫……ねぇ、ダミアンお兄様。わたくしにいい考えがあるの」

「聞かせてくれ」

「うまくいけば、みーんな元通り。ダミアンお兄様の名誉も回復するんだから」

ジェニファーの言葉を聞いてダミアンは笑みを深めた。

＊　＊　＊

あの後、スサナとセオドアの距離がグッと縮まったことに喜びを感じていたチェルシーは全力で二人を応援していた。もちろん先日、口が滑った反省を生かしてひっそりと。スサナには色々と聞こえていたらしく、案の定怒られたチェルシーは嫌われたくないと口を閉じていた。公の場で二人きりで過ごしているところを見かけることも増えたように思う。

『スサナ様がセオドア殿下と恋をして大きく変わった』

『セオドア殿下もスサナ様のために成長しようとしている』

意外な組み合わせということもあり、そんな噂は瞬く間に広がった。

スサナの近寄りがたい印象も随分と柔らかくなり、セオドアも可愛らしい顔を隠すために伸ばしていた髪をバッサリと切り、胸を張るように心がけて、少しでも男らしくなりたいと体まで鍛え始めたそうだ。

二人の進展を見守っていると、こちらまでドキドキしてしまう。それを自分のことのように喜んでいると……

「ありがとう、チェルシー」

「え……?」

「全部……っ、全部、あなたのおかげよ」

頰を赤く染めつつお礼を言うスサナの姿に感動したチェルシーは思いきり抱きついた。

「スサナは可愛い〜!　エモいっ」と叫んでいると「あなたはいつも一言余計なのよ」と、再び怒られてしまう。

チェルシーがスサナの家であるセルリーズ公爵邸に遊びに行った際には、セルリーズ公爵と公爵夫人に、過剰なまでにもてなされ感謝されまくった。チェルシーは本人が知らぬ間に着々と認知を広げていったのだった。

そして二人の仲が深まっていくのと同時に、バレンティノがお忍びでルーナンド侯爵邸に来る回数も増していく。二人の関係にチェルシーも無意識に感化されたのか、油断すると絆されそうになっていることに気づいて気合を入れる日々が続いた。

パーティーやお茶会に呼ばれることも増えてわかったことだが、バレンティノはとにかく令嬢たちにモテる。それは容姿、家柄、性格とすべてを兼ね揃えているかららしいのだが、そんな話を聞くうち、皆が知らない、チェルシーの前だけで見せてくれる特別な姿があることにも気づいてしまった。

可愛らしい一面や年相応な部分、何より皆の前とチェルシーの前とでは笑い方が違う。

「君といると、僕が僕らしくいられる気がするよ」

そう言われて素直に嬉しかったし、チェルシーもバレンティノといる時間が楽しいと思えた。しかし今までの恋愛と違いすぎるせいで、この気持ちがなんなのかもわからない。

（ティノはタイプじゃないはずなのに……変なの）

そして侯爵邸に来る時は必ず、チェルシー好みのお菓子や香り袋を持ってきてくれる。チェルシーもお返しにと、不器用ながらもハンカチに刺繍を施していた。

リリナとネルが「これをあげるのだけは絶対にやめた方がいいです！」「他のものにしましょう！」と言っていたが、いつもお返しが花ばかりでは味気ない。結局、頑張って刺繍したハンカチをバレンティノに渡すことになった。

「はい、これ。いつものお礼、めっちゃ頑張ってみたんだけどうまくいかなくて」

バレンティノは嬉しそうにハンカチを広げると動きを止めた。

「これは………豚とフォークかな？」

「ウサギと花なんだけど」

「……。うん、いいね！　チェルシーの気持ちがこもっている感じがしてとても嬉しいよ。ありがとう」

「下手なら下手って言ってよ！」

「これはこれで味があって素敵だよ？」

「キラキラのイケメン笑顔を浮かべてもダメだから！」

「ははっ、バレたか」

腹を抱えて笑っているバレンティノを見て、チェルシーは頬を膨らませていると、彼は大切そうにハンカチに眺めている。

「チェルシーからもらうものは何でも嬉しいよ。大切にする」

その仕草があまりにも色っぽくて心臓がドキドキと音を立てた。

「イ、イケメンだからってなんだって許されると思うなよっ！」

「チェルシーがよく言うイケメンって顔がいいことみたいだけど、僕の顔はそうなの？」

「そうだよ～！　ティノはモデルみたいに綺麗なんだもん」

「モデル……？　よくわからないけどチェルシーにそう言ってもらえるならイケメンでよかったかな」

最近、バレンティノの笑顔に勝てる気がしない。

スサナには気持ちを見透かされているのか「チェルシーはバレンティノ殿下のこと、どう思っているの？」と聞かれて、戸惑っていた。前までは友達だと言いきれたが今は違う。

今日もいつものようにバレンティノに熱い視線を送られながら、自分はどうしたいのかを眉根を寄せて考えていた。人のことはよく見えるのに自分のことは難しい。バレンティノはチェルシーの眉間をグリグリと指で解しながら問いかける。

「ねぇ、チェルシー」

「んー……」

「何か考え事かな？」

「最近ティノのことどう思っているか、なんかよくわからなくて」

「あははっ、チェルシーは相変わらず面白いね。そんな君が好きなんだけど」

バレンティノのピンク色の瞳がスッと細まったのを見ていたチェルシーは心のモヤモヤをどうにかしたくて彼に問いかける。

「ティノって、アタシのことどう思っているの？」

「今、言ったじゃないか」

「ティノの好きは軽いじゃん！」

「そんなことないと思うけどな」

「じゃあ本気なの？」

「うーん、それを言ってしまったらチェルシーは逃げられなくなってしまうよ？」

「なんで⁉」

「僕はこの国の王太子だからかな」

「ティノの話は難しくてわかんない……！」

バレンティノはまたクスクスと笑いつつも、思いついたように、チェルシーに質問を投げかける。

「チェルシーにとってリリナとネルはどんな存在なのかな？」

「ネルっちとリリにゃんは……お姉さんって感じ！　二人はこの世界に来た時に、最初に親切にしてくれた人だから」

「……世界に来た時？　チェルシーはたまに不思議なことを言うよね」

「あー……うん。あはは！」

「ならスサナはどう思っているの？」

「自慢の友達！　スサナのことめちゃくちゃ大好きっ」

「そう。じゃあセオドアは？」

「セオは……可愛い弟って感じだけど、最近は男らしくてかっこいいよねぇ」

「ケンドールは？」

「ケンはね、お兄さん……というより最近、お父さんって感じかな？」

いろんな人物を思い浮かべて言っていたが、先ほどまで穏やかに話していたバレンティノの纏う空気が変わったような気がした。チェルシーがバレンティノに視線を向けると、こちらをまっすぐに見つめている。

「ティノ？」

「ならチェルシーは僕のこと、どう思っているの？」

真剣な顔でチェルシーを見つめるバレンティノに魅入られるようにして動けなくなった。最近、バレンティノを見ていると何故か胸の辺りがこそばゆい。

「ティノを見てると不思議な気分になるというか……好きだけど、今までの好きと全然違うような気がする」

うまい言葉が見つからずに、気持ちのまま言葉を吐き出した。暫《しばら》く考えた後、チェルシーは再び口を開いた。

「ティノには得体の知れない何かを感じるんだよね……！」

「ブッ――！」

その言葉にバレンティノが吹き出すようにして笑う。今まで感じたことのない気持ちの正体を口にしてしまえばバレンティノの言う通り、友人関係には戻れなくなるような気がして怖かったのかもしれない。

「なら、チェルシーの今までの好きって、どんな好きなのかな？」

「絶対この人が運命の人だって感じでさ、ビビビッとくるんだよね！　んで、その人で頭がいっぱいになって……でも結局、尽くしすぎちゃって振られるか浮気される」

「尽くしすぎるって、どういうこと？」

「好き好きオーラが出ちゃうっていうか重たい感じ？　やり過ぎちゃうのかな。本当、恋って難しいよね～」

「よく侯爵はそれを許したね。でも君への扱いを見ていたら、そうするのかもしれないと思ってしまうよ」

「何の話？」

「いいや、なんでもない。やっぱりチェルシーがいいなって話だよ」

「軽っ……！」

「話してくれてありがとう。とりあえずは、また色々とわかったから一歩前進かな」

一体、何がわかったのかはわからないが、今までの恋愛を振り返って思い悩んでいると、バレンティノはフッと笑みを溢《こぼ》してチェルシーの髪に手を伸ばす。

「つまりチェルシーは愛され慣れてはいないってことだろう？　もし僕がチェルシーのこと、チョコレートみたいにドロドロに溶けてしまうほど愛情をあげたらどうなるんだろうね」

チェルシーの髪をひと束取って口付けたバレンティノと視線が交わる。骨張った大きな手とバレンティノの言葉に意識が向いて心臓がバクバクと音を立てた。真っ赤になった頬を見てバレンティノは嬉しそうにしている。

「いっ、い、いきなりからかわないで！　ティノ、今日はなんか変っ！」

「からかってないよ。僕はいつだって本気だよ」

「それってどういう意味⁉」

「内緒」

バレンティノに不満をアピールするように思いきり頬を膨らました。それをつつきながらバレンティノはにこやかに笑っている。

「もう少し仲が深まったら教えてあげるよ。たくさん相手がいたのかと心配だったけど意外とウブで安心した」

「はぁ⁉　そんな訳ないじゃんっ！　アタシが今まで何人と付き合ってきたと……」

「可愛い反応を返してくれて嬉しいよ、チェルシー」

「なんかムカつくんですけど！　ちゃんと聞いてよ」

「ははっ、そんなチェルシーが好きだよ」

「もう！　ティノはずるいっ」

バレンティノと過ごす時間はいつも少しずつ変わっていく。

彼に振り回されて悔しい反面、なんだか嬉しくて複雑な気分だった。

（ティノが可愛いとか好きとかばっかり言うから……！）

不機嫌になりつつあったチェルシーはバレンティノが持ってきたチョコレートであっさりと機嫌

が戻る。チョコレートを上機嫌で食べているチェルシーを見てバレンティノはキラキラと満面の笑みを浮かべている。チェルシーは再び悔しくなりプイッと顔を背《そむ》けた。

そんな時だった。

「――わたくしもご一緒したいのですがよろしいでしょうか？」

「バレンティノ殿下、失礼いたします」

「…………。何かな？」

ジェニファーはにこやかな笑みを浮かべながら勝手に席に着くやいなや、どけと言わんばかりに全力でバレンティノの方に向き、無理矢理チェルシーとバレンティノの間に体を食い込ませて入ってくる。

ダミアンはリリナとネルを呼びつけて「さっさと二人分の紅茶を持ってこい」と、偉そうに言い放っているではないか。チェルシーが怒りから文句を言おうとするのをリリナとネルが首を横に振りそっと制した。

いつの間に椅子を持ってきたのかダミアンとジェニファーでバレンティノを囲むように座っている。幼稚すぎるやり方にチェルシーは開いた口が塞がらなかった。

「バレンティノ殿下。わたくしともお話ししてくださいませんか？」

「たまには気分を変えて我々とも話しましょう。今よりずっと楽しい時間をお約束します。それと是非バレンティノ殿下に伝えたいことがあるのです」

「わたくし、バレンティノ殿下のことをバレン様とお呼びしてもいいでしょうか？」

身を乗り出すような勢いのジェニファーの態度を見ながらチェルシーは焦っていた。マナー的によくないどころか非常識にも程がある。しかし必死な形相を見る限り、なりふり構っていられないということだろうか。

バレンティノの後ろに控えている護衛の騎士が険しい顔でこちらに向かってくる。特に親しくもない二人が突然、仲のいい友人のように声を掛けたり愛称で呼ぶことを強請ったりしたらどうなるのか。バレンティノは護衛たちに向けて片手で制した後に、二人に問いかける。

「君たちと僕は、そんなに親しい仲だったかな?」

「で、ですがチェルシーお姉様とは……」

「チェルシーはチェルシー、君は君だろう?」

ジェニファーを拒否するようにバレンティノはピシャリと言い放つ。初めてバレンティノから直接告げられる厳しい言葉にジェニファーの表情が固くなる。

「チェルシーお姉様よりもわたくしの方がずっと優れているのに……っ」

小さく呟くように聞こえた声。切り替えるようにジェニファーは潤《うる》んだ瞳でバレンティノを見つめながら「でもぉ……」と甘えるように呟いた。ダミアンもジェニファーをアシストするように言葉を続けるが、バレンティノは無反応で二人を見る視線は恐ろしいほどに冷たい。それに気づいているのかいないのか、ジェニファーは切々と訴える。

「わたくしはチェルシーお姉様よりもずっとずっとバレンティノ殿下を想い、お慕いしておりますっ!」

しかしそんなジェニファーを気にする様子もなく、大きな溜息が聞こえた。

「正直、君たちには失望している。もっとわかりやすく言うならば不快だ」

「え……？」

「今後一切、僕に近づかないでくれないか？　次はないと思ってくれ」

真っ向から否定されたジェニファーは言葉も出ないようだ。

「ティノ……本当にごめんなさい」

「チェルシー、君が気にすることじゃないよ」

「うん、ありがとう」

バレンティノは優しくチェルシーの頭を撫でた。

「さて、チェルシーと楽しい時間を過ごせたから僕はそろそろ失礼するよ」

そう言ってバレンティノは立ち上がる。

「まっ、待ってください……！」

「………何かな？」

ジェニファーが納得できないと言わんばかりに声を上げた。バレンティノはジェニファーに背を向けたまま答えたが、その声には怒りが込められているような気がした。

「チェルシーお姉様とわたくしの何が違うというのですかっ!?　どう見たってわたくしの方が見目もいいし、なんでもできるわ……っ！　お姉様はわたくしよりも下でしょう？」

ジェニファーは血走った目でチェルシーを指差しながら叫んでいる。

「そういうところだと思うよ。チェルシーは人の幸せを願って動ける人だ。でも君はどうかな？ジェニファー・ルーナンド」

「……っ」

「他人を貶めて自分を上げようとしても、何も身につかない。君の心は醜いままだ」

ジェニファーは俯《うつむ》いて肩を震わせている。

（この後、絡まれたりしたらマジでめんどくさそう……）

バレンティノはそんなチェルシーの気持ちを察したのか、ジェニファーを牽制するように口を開いた。

「それと、もし君たちが今後チェルシーに何かしたなら兄妹《きょうだい》でも容赦はしない」

「……え？」

「王家とメイヴ公爵家、セルリーズ公爵家まで敵に回すことになるだろうね。ルーナンド侯爵家は恥を晒《さら》して……君たちはどうなるんだろうね？」

「で、でも……わたくしは、ただっ！」

「僕の言葉がまだ理解できるのなら、大人しくしておいた方が身のためだ。これ以上危害を加えるようなら王家が責任を持ってチェルシーを保護させてもらう」

「ティノ、それって……」

チェルシーの問いかけにバレンティノは優しく微笑んだ。

しかしジェニファーは一瞬だけ顔を歪めただけで、すぐに元の態度に戻ってしまう。

「バレンティノ殿下はまだわたくしの魅力に気づいていらっしゃらないのよ……！　一緒にいたら絶対に気づくはずなのに、お姉様が邪魔をするからうまくいかないだけ」

「…………」

「バレンティノ殿下の隣に相応しいのはわたくししかいない。そのうちわかるわ」

「残念ながら僕の言葉が通じないみたいだ。行こうか、チェルシー」

「もう決まっているんだからっ！」

諦める様子がないジェニファーと余裕の笑みを浮かべているダミアン。

(なんだったの……？)

チェルシーから見ると、無理矢理バレンティノに迫り、拒絶されているにもかかわらず二人の自信に満ち溢《あふ》れている態度に大きな違和感を感じていた。

「気にすることないよ。何か困ったことがあったら必ず僕に言うんだよ」

「……うん」

「それからさっきの話は本気だから。僕たちはチェルシーの味方だ」

チェルシーはその言葉に頷いた。バレンティノの少し刺々しい雰囲気に驚きながらも彼を送るために門へと向かう。

「暫《しばら》くは公務で隣国に行くんだ。すぐにチェルシーに会いたくなってしまいそうだよ」

後ろからルーナンド侯爵と夫人が出てきてバレンティノに頭を下げる。バレンティノは「いいタイミングだ。少し待っていてね」とチェルシーに声を掛けて二人の元に向かった。

バレンティノが両親に何かを言うたびに二人の顔が青ざめていく。

数分後、二人は何度も頷きながらこちらに視線をチラリと向けた。

バレンティノが乗った馬車を見送ったチェルシーが邸に戻ると両親が立ちはだかってきた。

どうやらバレンティノに『王家にはチェルシーを引き取る意思があり、もしもチェルシー本人が望むにもかかわらず邪魔をするのなら、メイヴ公爵家とセルリーズ公爵も敵に回すことになる』と言われたらしい。ひどく焦った様子だ。

「そんなことになれば、ルーナンド侯爵家がどうなるかわかっているだろう!?」

「これ以上、バレンティノ殿下に私たちを悪く言うのはやめてちょうだい」

「ダミアンやジェニファーのこともそうだ！」

その後も粗相したダミアンやジェニファーではなくチェルシーの行動を咎《とが》めている二人には怒りを通り越して、もう溜息しか出てこなかった。

「つまり、アタシにあの二人に何をされても我慢していろって言いたいの？」

「仕方ないだろう……！　あの二人はまったく言うことをきかなくなったんだ」

「もう少しで元に戻ると思うわ。この騒ぎさえ収まればきっと、前の二人に戻るはずだから」

「それまでは好きにさせておけばいい！　バレンティノ殿下には私から謝罪しておく。それでいいだろう」

最近、ダミアンとジェニファーに距離を置いていた両親は現実を見つめはじめたのかと思いきや、ただ見て見ぬフリをしていただけのようだ。

（〝臭い物に蓋をする〟っていうことわざを習った時にラブちゃんと爆笑してたけど、間違いなくこういうことだよね？）

結局、両親が何もしていないからあの二人はこうして暴走しているのだろう。そしてまだチェルシーの方が言うことを聞く可能性が高いと判断して我慢しろと迫っている。しかし逃げ道があるとわかった以上、ここに留まり続ける必要はないと思っていた。

「それよりも、やらなきゃいけないことがあるんじゃない？　ティノが次はないって言ってたけど」

「……っ」

「あの二人、正直に言ってヤバいよ？　手遅れになる前に動いた方がいいと思う」

チェルシーが珍しく真剣に訴えかけても二人は苦虫を噛み潰したような表情を浮かべるだけだった。

（やっぱりここから出よう……！）

バレンティノは前々からチェルシーを心配してくれていた。〝チェルシー〟はそれを望んでいるのかと考えると踏み出せなかったが、これではチェルシー自身が潰されてしまう。

「これ以上、見て見ぬフリを続けるならアタシはティノのところに行くから」

チェルシーがそう言って背を向けると、ルーナンド侯爵達は慌てた様子でジェニファーとダミアンの元へと向かった。

（ほんとに腹立つ……！）

チェルシーは部屋に戻り、テーブルの引き出しから日記とチェルシーの願望が書いてあるメモを取り出した。

（チェルシーはダミアンとジェニファーと仲良くするのは諦めていたけど、両親には認めてもらいたかったんだよね……）

絶対にここから出た方が幸せになれるとわかっているし、バレンティノの提案を聞いた瞬間に、今すぐにリリナとネルを連れて出て行きたいと思った。

しかし〝チェルシー〟の気持ちがどうも心に引っ掛かる。心がモヤモヤとしたままチェルシーは日記とメモを握り締めながらいつのまにか眠りについていた。


夢の中で誰かが名前を呼んでいる声が聞こえた。目を開けると鏡の向こう側に見覚えのある姿が映っていた。彼女が誰か気づいた瞬間、勢い込んでこちらからも呼び掛ける。

――チェルシー！　チェルシーだよね⁉

（ええ、でも今はあなたもチェルシーよ）

そう言ってチェルシーはにっこりと優しい笑みを浮かべた。

――どういうこと？　アタシはチェルシーじゃなくてキララだよ？

（ううん、わたしもキララであなたもチェルシーなの。キララの記憶を思い出しただけで）

――キララの、記憶？

（今、分裂しちゃってるからややこしいけど、本来は私とあなたは同一人物、あなたの来世が私なの。あなたは日本という国で女子高生として生きていた。友人のラブちゃんと渋谷で買い物の約束をしていて……事故で亡くなってしまった）

——そ、そんな……嘘でしょう？

（わたしが高熱とストレスで寝込んだ時に前世の記憶が蘇ったの。その時に自分がキララでチェルシーとは別人だと思い込んでしまった……頭がうまく処理できなかったんだと思う）

動揺からか何も言葉が出てこない。チェルシーはキララでキララはチェルシーだった。別人のように感じていたのは前世の記憶が前に強く出ていたということだろう。

——じゃあ、アタシは……これからどうなるの？

（大丈夫、何も変わらない。ただチェルシーとして生きてきた記憶も思い出すだけ）

——チェルシーとしての、記憶？

（今までは断片的にしか覚えていなかったと思う。けど、やっと取り戻せる。キララちゃん、鏡に手を合わせて）

意味がわからないまま鏡に手を当てる。鏡の向こうにいるチェルシーも同じように手を合わせた。

（これでもう大丈夫。やっと一つになれたから！）

手のひらが温かくなり、何かが頭の中に流れ込む感覚がして、視界が真っ白に染まった。

チェルシーはガバリと体を起こした。ズキリと痛む頭を押さえながら自らを落ち着かせるように深呼吸を繰り返していた。心臓がドクドクと脈打って、全身に汗をかいていた。

（全部、全部思い出した……！　わたしはチェルシー、キララからチェルシーに生まれ変わったから、キララとして生きていた記憶を持っているんだ！）

今まで朧げだったチェルシーとしての記憶をはっきりと思い出すことができたことで頭はスッキリとしていた。

もう貴族の名前がわからずに困ることもないだろう。それは今まで奥に押し込めていたチェルシーの記憶が戻ってきたからだ。そしてキララだった前世の記憶もはっきりと残っている。

チェルシーは日記を持って立ち上がる。そのまま中庭へと向かい、ベンチに座りながら瞼を閉じて頭の中を整理する。

チェルシーの記憶を取り戻しても何かが大きく変わるわけではないが、チェルシーが自分自身なら、一番の懸念点がなくなった。これからどう動くべきなのか、新しい道へと進むためにやるべきことを遠慮なく決められる。

すると突然、目の前に影が落ちた。ゆっくりと顔を上げる。

「チェルシーお姉様に王家から招待状です。わたくしはお父様に渡すように頼まれただけですから」

ジェニファーは満面の笑みを浮かべている。不審に思いつつも渡された封筒を確認すると確かに王家の紋章がある蝋が押してある。恐る恐る中身を見てみると、そこにはバレンティノのパートナーとして一週間後に開かれるパーティーに出席してくれないかと書かれていた。チェルシーは再び上機嫌なジェニファーを見た。

「わたくしはネザー様と参加する予定ですから。一応、出席にしておくとお父様が言っていましたわ。当然ですわよね？　王家からのお誘いなのですから」

あれだけバレンティノに執着していたはずのジェニファーがネザーと参加するということに戸惑いを隠せなかった。ネザーはベネールガ公爵の令息だ。こうなった今はすぐに令息の名前を思い出すことができる。

（怪しすぎる。それに一週間後なんて急すぎない？　わたしに恥かかせようとしているの？）

父に確認すると、この日にパーティーが開かれることは間違いないようだ。チェルシーは納得するしかなかった。

（ティノにちゃんと確認するべきだよね。でも今はめちゃくちゃ忙しいみたいだし……）

バレンティノは隣国に公務に行っているため、直接渡せなかったのかもしれない。そう思っていたが違和感は拭えない。だが、もし本当に王家からの誘いだとしたら行かないという選択肢はないだろう。


そしてパーティー当日になりチェルシーはリリナとネルと共に準備していた。扉をノックする音が聞こえて返事をすると、そこにはあの淡いピンク色のドレスに身を包んだジェニファーの姿があった。スタスタと当然のようにチェルシーの部屋に入ってくるところが腹立たしい。

「あら、チェルシーお姉様、今日は随分と地味なのね。もう少し着飾った方がいいんじゃないかしら？　フフッ……大切な日なんだから」

「わざわざそんなこと言いにきたの？　さっさと部屋から出てって」

「わたくしのドレスを貸してあげてもいいのよ？」

「いらないわ」

そう言うとジェニファーはこちらをじっと見つめた後に呟くように言った。

「……なんだかチェルシーお姉様、また変わった？」

「どうかしら」

「まぁ、どうでもいいわ。わたくしは先に行きますわね」

機嫌がよさそうなジェニファーにリリナとネルと三人で眉を顰《ひそ》めていた。

「ジェニファーお嬢様、少し前まではあんなに機嫌が悪そうだったのに……」

「一週間前から旦那様と奥様にもわがままを言わなくなって、新しい侍女にも優しいそうですよ」

「急に？　なんだかおかしいわね」

「私たちもそう思って警戒していたのですが、今日まで何もなくて……」

「チェルシーお嬢様、十分気をつけてくださいね！」

「わかったわ、行ってくる！」

どうやらジェニファーとダミアンは先に馬車で向かってしまったようだ。いつもの御者は見当たらない。違和感を覚えてはいたが、チェルシーももう一台の馬車に乗って会場に向かった。

しかし次第に城ではない場所に向かっていることに気づく。チェルシーは窓を開けて御者に問いかけるも完全無視。馬車から降りることもできずに歯痒い思いをしていた。

そして馬車はスピードを落として見覚えのない場所に止まる。何事もなかったかのように扉を開ける御者を睨みつけながら馬車から降りると、そこに立っていたのはジェニファーがパーティーに一緒に参加すると言っていた公爵令息ネザー・ベネールガと、先に行ったはずのダミアンだった。

(どうしてここにいるの？)

どうやらここはネザーの邸であるベネールガ公爵邸のようだ。ネザーと目が合うと、彼はにっこりと笑顔を見せた。

「まぁ、確かに以前よりはずっと見た目はマシになったな」

「答えはいただけそうですか？」

ネザーとダミアンの会話を聞いたチェルシーは、なんの話をしているのかわからなかった。しかしなんだか嫌な方向に話が進んでいることに胸騒ぎを感じる。

チェルシーを見るダミアンの唇は怪しく歪んでいる。ここにジェニファーがいない理由を含めて、嫌な予感はますます増していく。

「本当にバレンティノ殿下の誘いを蹴り、ここにくるということはオレに惚れていたのだな」

「は……？」

「そう言ったでしょう？　それだけネザー様への思いが強いのです」

「ふむ……そうだな。あの熱烈な手紙といい、気に入ったぞ！　これならば父上に言って婚約の手続きをしてやってもいい」

チェルシーは二人が何をしでかしたのかわかった瞬間、愕然《がくぜん》とした。

「信じられない……何考えてんの？」

「なに？」

「ハハッ、なんでもありません！　ネザー様に認められて照れているだけですよ」

ダミアンがチェルシーを鋭く睨みつけながらこちらにやってくる。そして乱暴に肩を掴んだ後、耳元で低い声で呟いた。

「お前はネザーと結婚するんだ。よかったな」

「……!?」

「そしてジェニファーとバレンティノ殿下が結ばれれば、俺は……俺はまた尊敬の眼差しを向けられるはずだっ！　すべてが元通りになるんだよ。ジェニファーならば必ずうまくやってくれる」

どうやらバレンティノの忠告を無視して、両親の制止もむなしく、二人はバレンティノやネザーを巻き込んで勝手に暴走してしまったようだ。

(こんなバカみたいな作戦が、うまくいくと思ってるの？　本当に信じらんない)

恐らくダミアンは、ジェニファーがバレンティノを射止めて婚約者になることで自分の地位を上げようとした。そしてジェニファーはあれだけバレンティノに言われたのに、まだ自分にチャンスがあると思っている。そしてネザーの反応と言葉からジェニファーかダミアンがチェルシーを装って、ネザーを騙しているようだ。

「わたしが黙って従うと思ってんの？」

「チッ、逆らえばどうなるかわかっているのか!?」

偉そうなダミアンの態度にフツフツと怒りが湧いてくる。今のチェルシーはダミアンの陳腐な脅しに屈することはない。頭の中は怒りでいっぱいだった。

「いい加減、現実見たほうがいいんじゃない？　こんなやり方、成功するわけないじゃん」

「う、うるさい……！　うるさいんだよっ！　出来損ないのくせに俺に指図をするなっ」

ここまできても己の状況を理解しようとしないダミアンに、もう掛ける言葉はないだろう。ネザーは不思議そうに首を傾《かし》げている。

「お前はただ黙って言うことを聞いてればよかったんだっ！」

「ティノの言う通り、本当に言葉が通じないんだね」

「——俺を馬鹿にするなッ！」

逆上したダミアンが手を振り上げる。

(何度も何度も……！　もう許さないからなっ)

前回はやられっぱなしだったチェルシーも今回ばかりは黙っていられない。ダミアンの手を叩いてから、ぐっと拳を握り右肩を後ろに引いて構えてから斜め上に押し出すように拳を上げた。

——ドゴッ！

重たい音とともにダミアンの体が宙に浮いた。地面に倒れ込んでピクピクと小さく痙攣するダミアンを見てネザーが「ヒィッ！」と引き攣った声を上げる。チェルシーはメイヴ公爵夫人に言われていたことがあった。

『もし大切なものが奪われそうになったなら、迷わず拳を振るいなさい』

チェルシーはその言葉に「そんな状況あるわけないじゃん！」と笑い飛ばしていたが、今がその時だと判断した。今まで踏み躙られていたチェルシーの気持ちの分も全力で殴り飛ばしたためかダミアンは放心状態だ。そしてヒラヒラと痛む手を振っていた。

怒りが爆発したチェルシーはダミアンの首根っこを掴んで、乗ってきた馬車に引きずっていく。

チェルシーに平謝りしている御者に手伝ってもらいながらダミアンを馬車に乗せた。

そしてチェルシーを見て震えているネザーにも「大きな誤解があったようなので謝罪をさせていただけませんか。お時間があるようでしたら是非うちに来てくださいませ」とニッコリと笑いながら言った。

チェルシーの圧と雰囲気に押されてか「は、はい！　もちろんです」と言って一緒の馬車に乗り込んだ。馬車の中でネザーに話しかける。

「ネザー様、ダミアンお兄様が迷惑をお掛けしてしまって申し訳ございません」

「い、いや……別に、それはかまっ、構わないが」

「一体お兄様、もしくは妹のジェニファーがネザー様に何を言ったのか、わたくしに教えていただけると嬉しいのですが…………よろしいですか？」

「ひぃっ……！」

情けない声を出しながらもブンブンと首を勢いよく縦に振るネザーに話を聞くと、どうやらチェルシーが顔合わせの時からネザーを忘れられずに、ずっと思いを寄せていたということを二人から聞いたらしい。そして何通もチェルシーを装って、ネザーに熱く愛を語った手紙を送っていたようだ。

王家のお茶会で王妃とバレンティノに気に入られたチェルシーだったが、やはりネザーが忘れられないと、今日邸に来る旨をダミアンから伝えられていたそうだ。

（マジでくっだらねぇ……）

淑女の仮面が剥《は》がれて腕を組んで苛立ちを爆発させていたチェルシー、放心状態のダミアン、巻き込まれたネザーを乗せて馬車はルーナンド侯爵邸に到着した。

門の前には何故かたくさんの馬車が止まっている。そこには予想外の人たちがいた。

「ティノ、ケン……!?　スサナもセオもどうしたの？」

「チェルシーッ！　あなた大丈夫なの？　何もされなかった!?」

「スサナ、どうしたの？」

「もう！　心配したんだからっ」

スサナが珍しく泣きそうな表情でチェルシーに勢いよく抱きついた。皆が正装しているところを見るに、やはり本当にパーティーはあったようだ。バレンティノやケンドール、セオドアに視線を向けると、彼らにいつものような笑顔がなく怒りに顔を歪めている。そしてその視線はダミアンに向かっている。

「すまない、チェルシー」

「ティノ、どうしたの……？」

「ベネールガ公爵邸に騎士たちを送ったんだけど、どうやら間に合わなくてすれ違いになってしまったみたいだね」

「どうしてティノがそのことを知っているの？」

「君がベネールガ公爵邸にダミアンと共にいることを彼女に吐かせたんだ」

バレンティノがチラリと視線を送った先には騎士たちに捕えられるような形で項垂れているジェニファーの姿があった。その隣では両親が青ざめて頭を抱えている。

「もしチェルシーに何かあれば君の人生は終わりだね……って言っていたんだけど」

その言葉にジェニファーはゆっくりと顔をあげる。赤色の瞳と目が合った瞬間、彼女は体を捩らせて暴れ始めた。それには騎士たちも戸惑いつつもジェニファーを押さえつけている。

「――お前じゃないッ！　わたくしがバレンティノ殿下に相応しいのよ！　言うことを聞かないチェルシーお姉様なんかよりずっとルーナンド侯爵家のためになるでしょう⁉」

「ジェニファー、いい加減にしなさいっ！」

「こんなのおかしいっ！　わたくしは間違ってない……！　ずっとそうだったわ。わたくしが一番だったのにぃ」

怒鳴るルーナンド侯爵たちの言葉は聞こえないのかジェニファーの勢いは止まらない。チェルシーは言い返すことなく黙って彼女の言葉を聞いていた。

「バレンティノ殿下に手を出した挙句、ケンドール様にも手を出すなんてなんてはしたないの？ダミアンお兄様、こんなのおかしいわよね⁉　正しいのはわたくしたちなのよっ」

その声にダミアンがピクリと反応を返す。

「そうだ。俺は悪くないっ！　すべてチェルシーのせいだ。俺を殴ったチェルシーを今すぐに牢屋に入れてくれ！」

「チェルシーお姉様ったら、バレンティノ殿下の前で恥ずかしいったらないわ。ルーナンド侯爵家の恥晒《さら》しっ、出来損ないのくせに……！」

ダミアンとジェニファーの息もつかないほどの嘘とチェルシーを貶める言葉。チェルシーの背後からはピリピリとした圧を感じた。視線を送ると、スサナやケンドール、セオドアもダミアンとジェニファーを睨みつけている。

きちんと教育を受けた令嬢令息が揃って嫌悪の情を顔に出すほど、ジェニファーとそれを擁護するダミアンの言葉は聞くに堪えないものだった。ジェニファーは最後の仕上げとばかりに声を張り上げる。

「チェルシーお姉様ではなく、是非わたくしをっ！」

「そうです！　絶対にジェニファーの方がバレンティノ殿下に相応しいのです……！　そうなれば俺の評価はまたっ、また取り戻せるんだ」

どうやらダミアンの真の目的はジェニファーを守ることではなく、ジェニファーがバレンティノの婚約者になった際に受ける恩恵のようだ。ダミアンを都合よく使い、チェルシーを下げることで己の評価を上げようとするジェニファー。そんなジェニファーをバレンティノの婚約者にして、チェルシーを責め立て再び成り上がろうとするダミアン。

ここまでくると二人が可哀想な存在に見えて仕方なかった。特にダミアンはこのチャンスに縋りついているのか、目が血走った必死な様子で、怒るよりも目を背《そむ》けたくなる。

「バレンティノ殿下、だからこちらにっ……」

チェルシーがそろそろ反論しようとした時だった。隣にいたバレンティノがチェルシーの肩に手を置く。小さく頷いたのを見てチェルシーはすぐに口を閉じた。

ジェニファーは騎士たちに捕らえられているにもかかわらず、恍惚とした表情でバレンティノに向かって手を伸ばした。

「いい加減にしてくれ。見苦しくて見ていられないよ。ダミアン・ルーナンド、ジェニファー・ルーナンド」

「バレンティノ、殿下？」

「以前、警告はしたはずだ」

「……っ！」

「残念ながら君たちはもう終わりだ」

バレンティノは後ろを振り向いて確認するように呟いた。

「今の話をすべて聞いていたな？」

ケンドールたちやジェニファーを拘束している騎士、状況をわかっておらず今まで空気だったネザーも大きく首を縦に振った。それを確認してからバレンティノも小さく頷く。

「チェルシーの状況について、以前から邸を訪ねて気になっていた。ジェニファー嬢とのドレスや侍女の違いも大きい。ダミアンやジェニファーのチェルシーに対する態度もそうだ。ルーナンド侯爵、これはどう説明する？」

「それは……」

「……っ」

それを聞いたルーナンド侯爵たちは諦めたように顔を伏せてしまった。以前ならば、反論していただろうが今はもう何も言うことはないらしい。

「今の発言やメイヴ公爵夫人とケンドール、スサナ嬢やセオドア……証拠は十分過ぎるほどにある」

「……！」

「特にジェニファー嬢……君のやり口は悪質すぎる。少し前にルーナンド侯爵邸に勤めていた君の侍女たちが面白いくらいにペラペラと色々と話してくれたよ。嘘に嫌がらせ、身勝手な振る舞いは紙に書ききれないほどだったそうだ」

「なっ……！」

「君は随分と恨まれているようだね」

「ちっ、違いますわ！　勝手に辞めたのにわたくしを逆恨みしているだけです！」

「果たしてそうかな？」

「バレンティノ殿下は大きな勘違いをしています。わたくしを見てください！　わたくしの方がバレンティノ殿下やケンドール様に相応しいのは間違いないのです！」

「相応しい……？　姉を蹴落とそうと姑息な手で追い詰め続けたのにか？」

騎士は必死にジェニファーの口を塞ぎ、連れて行こうとしているが凄まじい力で耐えている。

「離せっ！　何かの間違いよっ！　わたくしがお姉様を虐げるなんて、とんでもないわ。わたくしがお姉様に虐げられていたのですからっ」

「……はぁ⁉」

「ほら、バレンティノ殿下もチェルシーお姉様のこの偉そうな態度を見たでしょう？　メイヴ公爵夫人を使い、ケンドール様やスサナ様の同情を誘って、嘘をついて味方につけて、わたくしを悪者にするなんて許せないわ！」

「………………！」

「悪いのはチェルシーお姉様よっ、みんなそう思っているの！　わたくしは間違っていないわ」

その間もジェニファーは自分の胸元に手を当てて、自分の身は潔白だと叫んでいる。

「……いい加減、このやりとりも飽きたよ」

「どうしてわかってくださらないの⁉」

「一度、腐ったものは元に戻らないようだね。残念だ」

そう言って、バレンティノはジェニファーから視線を逸《そ》らす。

「ジェニファー嬢、少しここから離れて外を見た方がいい。丁度いい場所を知っているんだ」

「……嫌よ、わたくしはここにいますっ！　ここがわたくしの居場所だものっ」

「連れて行け」

ジェニファーは涙を溢《こぼ》しながら、項垂れるようにしてその場に座り込んでしまった。そして騎士に引きずられるようにして連れて行かれてしまう。バレンティノはジェニファーの元に駆け寄ろうとするダミアンに声を掛けた。

「ダミアン、いい加減に現実を見た方がいい。これでもまだジェニファー嬢を庇《かば》うのか？」

ダミアンはバレンティノのその言葉に肩を揺らした。

「いい加減、妹にいいように使われていることに気づいた方がいい」

「違う、ジェニファーはそんな子では……！」

「どちらが真実か見定めることさえできずに、悪事に手を染めて優越感に浸っているようならルーナンド侯爵家の未来は真っ暗だな」

「……！」

「ベネールガ公爵家を巻き込んで、醜態を晒《さら》し続けた君の居場所はないだろう。本当はもうわかっているはずだ」

「……そ、そんな」

ダミアンはついに糸が切れたようにプツリと動かなくなってしまった。

「私たちは……選択を間違えたのか？」

そう呟いたルーナンド侯爵にバレンティノは吐き捨てるように言った。

「ルーナンド侯爵……あなたたちには失望している。選択を間違えたのではなく、己の間違いを認めようとせずにチェルシーに責任転嫁し続けた結果ではありませんか？　僕は彼らに然るべき対応を望みます」

「ですがバレンティノ殿下……！」

「そうでなければ僕が罰を下す。今までこの二人が働いてきた無礼を黙認してきたからね」

「……なっ！」

バレンティノの表情から笑顔が消えた。あまりの迫力に両親は押し黙っている。ジェニファーの啜り泣く声と叫び声が遠くから響いていた。

「それから仮に僕とチェルシーが婚約したとしても、あなたたちに恩恵は一切ないと思ってくれ。再びチェルシーに縋るようなことがあれば、僕はあなたたちを許さない」

「バレンティノ殿下、話を聞いてください！　我々はっ」

「このような事態を招いたのは、問題を放置し続けた自分たちのせいでもあるのです。それだけは忘れないように」

父は焦り唇を噛んでいる。母は早口で何かを呟きながらガクガクと震えている。

最後まで両親に認めてもらえなかったことが悔しかったが同時にどこかスッキリしていた。

（やっぱりこっちの道に行く！）

チェルシーは前を向いた。涙は出てこなかった。

「チェルシー、これからどうする？」

その言葉にハッとしてバレンティノを見た。瞳の奥にある意図を読み取ったチェルシーは彼の言葉に頷く。前々からバレンティノに不満を漏らす度に言われた言葉があった。

『チェルシー、困ったことがあったら城においで』

その言葉をずっと冗談だと思って受け流していた。

しかし今になってケンドールやスサナも、度々チェルシーの身を案じてくれていたことを思い出す。ネルやリリナも「お嬢様、皆様の好意に甘えてもいいのではないでしょうか？」「ここで頑張り続けてもチェルシーお嬢様が幸せになるとは思えません！」「何かあってからでは遅いのですよ？私たちも力になります」と、チェルシーの背中を押してくれた。

卑劣な方法を使いチェルシーを落とし自分を上げていた妹のジェニファー。常に他者を見下して自分のプライドのために動く兄のダミアン。そして問題に向き合うことなく、二人の暴走を許した侯爵たちの姿を見て改めて思う。

「ティノのところでお世話になることにする。ここから出て、新しい場所に行く！」

その言葉に両親は大きく目を見開いている。

「ティノ、ネルっちとリリにゃんも連れて行っていい？」

「ああ、もちろんだよ」

バレンティノは笑顔でそう言った。スサナもチェルシーの手を握った。ケンドールは小さく頷いて、セオドアも良かったと呟いている。

「チェルシー！　話をしようっ」

「私たちも反省しているわ。今度こそダミアンとジェニファーにちゃんと注意をする！　今回のことでわかったのよ」

「もうこのようなことはないように努める！　もう一度、家族で話し合おう！」

「二人を、ダミアンとジェニファーを助けてちょうだい……！　間違いは誰にだってあるでしょう!?」

ルーナンド侯爵と夫人の悲痛な叫び声が響いた。間違いを許され続けなかったチェルシーの気持ちを踏み躙る言葉に眉を顰《ひそ》めた。

ダミアンとジェニファーがこうなることは予想外だったのだろう。そしてチェルシーが城に滞在するようになり、ダミアンとジェニファーの失態が表に出れば、ルーナンド侯爵家が何と言われるのかは明らかだ。その責任を取るようにバレンティノに迫られてしまえば、もう逃げ場はない。それこそチェルシーが許さない限りは。

それがわかったから城に行くことだけは阻止しようと動いている。

チェルシーは「ちょっと待ってて！」と言って、思い出したように邸の中に駆け出した。そして部屋から持ってきたのはチェルシーの思いが込められていた日記帳やボロボロのノート。ノートには勉強の跡と後悔が書き綴《つづ》られている。

『両親に認められますように』

『大好きなリリナとネルが幸せになれますように』

『強くなれますように』

チェルシーのメモやノート、日記帳を見たルーナンド侯爵たちは目を見開いてメモとチェルシーを交互に見ながら驚いている。チェルシーは二人の前に立ちハッキリと告げた。

「わたしはもう出来損ないなんかじゃないわ。ジェニファーみたいにならなければ認めてもらえないというなら、もうここにはいられない。前に言われたとおり、ここを出ていく。――さようなら、お父様、お母様」

「ぁ……」

「待って、チェルシー！　今までのことを謝るからっ、行かないで！」

絶望している両親を見ながらチェルシーはバレンティノの手を取り、彼を見上げると何故か涙が溢《あふ》れそうになった。


「チェルシー、大丈夫かい？」

「ありがとう、ティノ。わたしは大丈夫よ」

チェルシーは乱暴に涙を拭って笑顔を浮かべる。バレンティノはチェルシーを優しく抱きしめてくれた。

（やっぱりわたしにとって〝バレンティノ殿下〟は特別だわ）

新しい生活が落ち着いたら、この気持ちをバレンティノに伝えたい、そう思った。

チェルシーを引き止めようと伸ばされる両親の手を無視してチェルシーは足を進めた。

数日後、ジェニファーもダミアンも侯爵家を除籍されることが決まった。ルーナンド侯爵家は降爵されて、親戚の子を引き取り跡を継がせるために育てるそうだ。痩せこけて憔悴している父と泣き腫らした目でこちらを縋るように見てくる母に何も掛ける言葉はなかった。

ただチェルシーの日記には目を通してくれたのかが気になっていたが、それも聞けないままルーナンド侯爵邸での最後の時間を過ごす。

――そして今日、チェルシーが城へ向かう日。

部屋で荷物を詰めていたが、チェルシーの部屋にはモノはほとんど置いていない。リリナとネルにリメイクしてもらったピンク色のドレスとお茶会でバレンティノとケンドールに選んでもらい、もらっていいと言われたイエローのドレスと髪飾りだけを持っていくことにした。

「本当にこれだけでいいのですか？」

「いいの。わたしが大切だと思うのはコレだけだから」

「わかりました。チェルシーお嬢様がそう言うなら」

「ネルっち、リリにゃん……そばにいてくれてありがとう！」

「私たちはずっとチェルシーお嬢様のおそばにおりますから」

チェルシーはネルとリリナを抱きしめる。部屋から出ると、目の前にはルーナンド侯爵たちが立っていた。チェルシーと目が合うと黙ったまま深々と頭を下げている。

その手には日記帳が握られていた。

(わたしの想いが少しでも二人に届いたならよかったわ)

チェルシーは彼らと同じように頭を下げてからリリナとネルと共に歩き出す。荷物を持って外に出るとスサナとセオドアが待っていた。

「スサナ、セオ……！」

「チェルシー、大丈夫？　何か言われなかった⁉」

「荷物も少ないし、やっぱりわたくしも一緒に行くわ。部屋に取りに戻りましょう?」

「ううん、大丈夫。コレだけでいいの。ありがとう、二人共」

そう言うとスサナとセオドアはホッと息を吐き出した。前からケンドールが手紙を持って歩いてくる。

「ケン、来てくれたの?」

「どうやら二人に先を越されてしまったみたいですね。これは母上からです」

「先生が……?」

「チェルシーへのプレゼントだそうですよ。バレンティノがくる前に馬車に運んでもらいましょうか」

そこには新しい生活に必要そうなドレスやワンピース、靴などがあった。チェルシーの部屋で指導していたメイヴ公爵夫人だからこそわかる気遣いだと思った。

「ケン、本当にありがとう。先生にもお礼の手紙書かないと!」

「落ち着いてからでいいと言っていましたよ」

ケンドールと話していると、目の前に王家の馬車が止まる。

中から出てきたのはチェルシーを迎えにきたバレンティノだった。

「ティノ……!」

「チェルシー、遅くなってすまない。皆に先を越されるなんて悔しいな」

「ううん、来てくれてありがとう」

チェルシーは馬車から降りてきたバレンティノに思わず抱きついた。力を込めると彼は優しく抱きしめ返してくれた。

「……チェルシー、行こうか」

「うん！」

バレンティノの手を取り、チェルシーはケンドール、スサナ、セオドアと共に歩き出す。キラキラと輝く太陽がチェルシーを後押ししてくれているような気がした。チェルシーは気合いを入れるように両手を上げた。

「――わたし、精一杯がんばるから！」

この作品に対する皆様のご意見・ご感想をお待ちしております。

おハガキ・お手紙は以下の宛先にお送りください。

【宛先】

〒150-6019 東京都渋谷区恵比寿 4-20-3 恵比寿ｶﾞｰﾃﾞﾝﾌﾟﾚｲｽﾀﾜｰ 19F
（株）アルファポリス　書籍感想係

メールフォームでのご意見・ご感想は右のＱＲコードから、
あるいは以下のワードで検索をかけてください。

アルファポリス　書籍の感想　検索

ご感想はこちらから

本書は、「アルファポリス」（https://www.alphapolis.co.jp/）に掲載されていたものを、
改稿、加筆のうえ、書籍化したものです。

出来損《できそこ》ない令嬢《れいじょう》に転生《てんせい》したギャルが見返《みかえ》すために努力《どりょく》した結果《けっか》、溺愛《できあい》されてますけど何《なに》か文句《もんく》ある？

やきいもほくほく

2024年 3月 5日初版発行

編集－本丸菜々
編集長－倉持真理
発行者－梶本雄介
発行所－株式会社アルファポリス
〒150-6019 東京都渋谷区恵比寿4-20-3 恵比寿ｶﾞｰﾃﾞﾝﾌﾟﾚｲｽﾀﾜｰ19F
TEL 03-6277-1601（営業） 03-6277-1602（編集）
URL https://www.alphapolis.co.jp/
発売元－株式会社星雲社（共同出版社・流通責任出版社）
〒112-0005 東京都文京区水道1-3-30
TEL 03-3868-3275
装丁・本文イラスト－しもうみ
装丁デザイン－AFTERGLOW
（レーベルフォーマットデザイン—ansyyqdesign）
印刷－図書印刷株式会社

価格はカバーに表示されてあります。

落丁乱丁の場合はアルファポリスまでご連絡ください。

送料は小社負担でお取り替えします。


ISBN978-4-434-33148-0 C0093